PETER PAN Y WENDY

J.M. Barrie

PETER PAN Y WENDY

J.M. Barrie

1911

Traducido al español por Leticia Klemetz

GREAT READS
Spanish Edition

Se han incluido algunas anotaciones en esta Edición de
Grandes Lecturas para el disfrute de todos los lectores.

Lee los mejores libros primero,
o puede que no tengas la oportunidad
de leeros en absoluto.
Henry David Thoreau

PETER PAN Y WENDY

A Great Reads Spanish Edition

This edition copyright © 2004 Dalmatian Press, LLC.
Published in 2004 in the U.S.A.
by Dalmatian Press, LLC

Editors *Natalia C. Foce and Kathryn Knight*
Text design *Renee Morton*
Cover painting *Patrick Whelan*
Page vi illustration *Mabel Lucie Attwell*

Set in Centaur MT

The DALMATIAN PRESS name is a trademark
of Dalmatian Press, LLC, Franklin, Tennessee 37067.
No part of this book may be reproduced or copied in any form
without the written permission of Dalmatian Press.

ISBN: 1-40371-146-1
13596

Printed in the U.S.A.

04 05 06 07 08 09 LBM 10 9 8 7 6 5 4 3 2 1

El autor

· · · · · · · · · · · · ·

J.M. Barrie

E<small>N</small> 1860 J<small>AMES</small> M<small>ATTHEW</small> B<small>ARRIE</small> nació en la pobreza en un pueblo de Escocia. Su padre, un tejedor de telar, y madre tenían diez hijos. James fue el noveno. Las esperanzas de la familia estaban puestas en el hermano mayor de James, David, quien era muy listo. Cuando David murió en un accidente de patinaje, James prometió solemnemente ocupar su lugar y ganar una fortuna para la familia. Estudió con firmeza y fue a la Universidad de Edimburgo. Se convirtió en un periodista y escritor de éxito. Sus historias humorísticas y de buena pluma se volvieron populares en toda Escocia e Inglaterra, y más adelante en todo el mundo.

Hacia los treinta años de edad Barrie se convirtió en dramaturgo, se casó con una actriz y conoció a una familia que cambiaría su vida: los Davies y sus cinco hijos. Barrie inventó historias sobre niños perdidos y Peter Pan para entretener a los hijos de los Davies. Juntos jugaron a indios y piratas. Sus aventuras se convirtieron en una obra teatral llamada *Peter Pan* que tuvo gran éxito. En 1911 el relato se editó como texto narrativo.

Barrie fue hecho baronet y se convirtió en Sir James Barrie. Murió en 1937 y cedió los derechos de autor de su famoso cuento a un hospital infantil londinense.

La llegada de Peter

TODOS LOS NIÑOS CRECEN, EXCEPTO UNO. Pronto saben que van a crecer, y este es el modo en que Wendy lo supo. Un día cuando tenía dos años de edad estaba jugando en un jardín, y arrancó una flor y corrió a llevársela a su madre. Supongo que debe de haber sido absolutamente preciosa, porque la señora Darling se llevó la mano al corazón y exclamó:

—¡Oh, si pudieras permanecer siempre así!

Esto fue todo lo que dijeron sobre el tema, pero de ahí en adelante Wendy supo que debía crecer. Siempre lo sabes después de cumplir los dos años. Los dos años son el comienzo del fin.

Naturalmente vivían en el número 14, y hasta que llegó Wendy su madre era la cabeza de familia. Era una dama encantadora, con una mente romántica y una boca burlona de lo más dulce. Su mente romántica era como esas cajitas en miniatura, una dentro de la otra, que vienen del desconcertante oriente: no importa cuántas descubras que siempre habrá una más, y su dulce boca burlona tenía un beso en ella que Wendy nunca podía obtener, aunque ahí estaba, perfectamente evidente en la comisura derecha.

Así es como el señor Darling la conquistó: los muchos caballeros que habían sido niños cuando ella era una niña descubrieron simultáneamente que la amaban, y todos corrieron a su casa para declararse exceptuando el señor Darling, que tomó un coche de caballos y adelantándose llegó el primero, así que se la quedó. Se la quedó entera, exceptuando la cajita más recóndita y el beso. Nunca supo lo de la cajita, y con el tiempo desistió de seguir intentando conseguir el beso. Wendy pensó que Napoleón lo hubiera conseguido, pero me lo puedo imaginar intentándolo, y luego marchándose furioso y dando un portazo.

El señor Darling solía alardear ante Wendy de que su madre no solo le amaba sino que le respetaba. Él era una de esas personas profundas que entienden de acciones y valores. Por supuesto que nadie entiende realmente, pero la verdad es que él parecía entender, y a menudo decía que las acciones estaban en alza y los valores estaban a la baja de un modo que hubiera hecho que cualquier mujer le respetara.

La señora Darling se casó de blanco, y al principio llevaba la contabilidad perfectamente, casi con regocijo, y no se le escapaba ni una col de Bruselas, pero pronto empezaron a desaparecer coliflores enteras y en su lugar había imágenes de bebés sin caras. Los dibujaba cuando debería haber estado haciendo sumas. Eran los anhelos de la señora Darling.

Wendy llegó primero, luego John, luego Michael.

Durante una semana o dos después de que Wendy llegara tuvieron dudas de si se la podrían quedar, ya que era otra boca a la que alimentar. El señor Darling estaba tremendamente orgulloso de ella, pero era muy honrado, y estaba sentado en el borde de la cama de la señora Darling, teniéndola de la mano y calculando gastos, mientras ella le miraba con ojos suplicantes. Ella quería correr el riesgo, pasara lo que pasara, pero esta no era la forma de ser de él; su forma de proceder era con un lápiz y un trozo de papel, y si ella le confundía con sugerencias tenía que volver a empezar por el principio.

—Ahora no me interrumpas —le suplicaba—. Tengo una libra diecisiete aquí, y dos con seis en la oficina. Puedo dejar de tomar café en la oficina, digamos diez chelines, lo cual hacen dos noventa y seis, con tus dieciocho con tres hacen tres nueve siete, con cinco cero cero en mi chequera hacen ocho nueve siete... ¿quién se está moviendo?... ocho nueve siete, coma y me llevo siete... no hables, querida... y la libra que le prestaste a ese hombre que llamó a la puerta... silencio, niña... punto y me llevo niña... ¡mira, ya lo hiciste!... ¿había dicho nueve nueve siete? Sí, dije nueve nueve siete, la pregunta es: ¿podemos intentarlo durante un año con nueve nueve siete?

—Por supuesto que podemos, George —exclamó ella. Pero ella estaba predispuesta a favor de Wendy, y él era en verdad quien tenía más carácter de los dos.

—Acuérdate de las paperas —le advirtió casi amenazándola, y volvió a empezar—. Las paperas una libra, eso es lo que anoté, pero me atrevería a decir que serán más bien treinta chelines... no hables... el sarampión uno con cinco, la rubéola media guinea, hacen dos quince seis... no muevas el dedo... la tos ferina digamos quince chelines... —y así sucesivamente, y le daba una suma diferente cada vez, pero finalmente Wendy lo consiguió por los pelos, reduciendo las paperas a doce con seis, y tratando el sarampión y la rubéola como una sola.

Hubo algo de alboroto con John, y Michael pasó todavía más por los pelos, pero se quedaron con ambos, y pronto podrías haber visto a los tres yendo en fila al jardín de infantes de la señorita Fulson, acompañados por su niñera.

A la señora Darling le encantaba hacer todo como toca, y el señor Darling tenía pasión por ser exactamente como sus vecinos, de modo que, por supuesto, tuvieron una niñera. Como eran pobres, por la cantidad de leche que bebían los niños, esta niñera era una correcta y formal perra Terranova, llamada Nana, que no había pertenecido a nadie en particular hasta que los Darling la contrataron. Siempre había pensado que los niños eran importantes, en cualquier caso, y los Darling la habían conocido en los Jardines de Kensington, donde pasaba la mayor parte de su tiempo libre espiando dentro de los cochecitos de bebé, y era muy odiada por las descuidadas niñeras, a quienes seguía a sus casas y se quejaba de ellas ante sus señoras. Resultó ser un verdadero tesoro de niñera. Hay que ver lo concienzuda que era a la hora del baño, y se levantaba en cualquier momento de la noche si alguno de los niños a su cargo hacía el más mínimo ruido. Por supuesto que su caseta estaba en la habitación de los niños. Era un genio para saber cuándo una tos era algo que no podía esperar y cuándo necesitaba un calcetín alrededor del cuello. Creía fervientemente en remedios anticuados como la hoja de ruibarbo, y profería sonidos de desprecio ante toda esta moderna paparruchada de los gérmenes y demás. Era una lección de corrección verla escoltar a los niños a la escuela, caminando con calma a su lado cuando se portaban bien, y empujándoles de un cabezazo a la fila si se desviaban. En los días en que John jugaba al fútbol nunca se olvidaba de su suéter, y solía llevar un paraguas en la boca por si llovía. Hay una habitación en el sótano de la escuela de la señorita Fulson donde esperan las niñeras. Ellas se sentaban en bancos, mientras que Nana se acostaba en el suelo, pero esa era la única diferencia. Aquellas fingían ignorarla por ser de un estatus social inferior al suyo, y ella despreciaba profundamente su parloteo. Le molestaban las visitas de las amigas de la señora Darling a la guardería, pero si venían, primero le sacaba el delantal a Michael y le ponía uno con adornos azules, y alisaba la ropa de Wendy y le daba un repasón al pelo de John.

Ninguna niñera podría haberse comportado con mayor corrección, y el señor Darling lo sabía, aunque a veces se preguntaba con inquietud si los vecinos harían comentarios. Tenía que tener en cuenta su posición de financiero en la ciudad.

Nana también le molestaba en otro sentido. A veces tenía la sensación de que ella no le admiraba.

—Sé que te admira enormemente, George —le aseguraba la señora Darling, y luego le hacía un gesto a los niños para que fueran especialmente amables con Padre.

Entonces se montaban unos bailes lindísimos, en los que a veces dejaban participar a su única otra criada, Liza. Qué pequeñita se veía metida en su falda larga y cofia de doncella, aunque había jurado, cuando la contrataron, que ya era madura. ¡Con cuánto regocijo retozaban! Y la más alegre de todos era la señora Darling, quien daba vueltas como una loca de modo que lo único que podías ver de ella era el beso, y si te hubieras lanzado sobre ella en ese momento podrías haberlo conseguido. Simplemente no había una familia más feliz hasta la llegada de Peter Pan.

La señora Darling supo por primera vez de Peter cuando estaba ordenando las mentes de sus niños. Es la costumbre de toda buena madre, por la noche, después de que sus niños estén dormidos, hurgar en sus mentes y poner las cosas en claro para la mañana siguiente, colocando en sus lugares correctos los muchos artículos que han estado deambulando durante el día. Si se pudieran mantener despiertos (pero por supuesto que no pueden) verían a su propia madre haciendo esto, y les parecería muy interesante observarla. Es bastante parecido a arreglar los cajones. La verían de rodillas, supongo, entreteniéndose divertida con algunos de sus contenidos, preguntándose de dónde podrían haber sacado eso, haciendo descubrimientos dulces y no tan dulces, apretando esto contra su mejilla como si fuera tan lindo como un gatito, y escondiendo aquello apresuradamente. Cuando se despiertan por la mañana, las travesuras y malos humores con los que se fueron a la cama han sido plegados chiquititos y colocados en el fondo de sus mentes, y arriba de todo, bien ventilados, se encuentran extendidos sus más hermosos pensamientos, listos para que se los pongan.

No sé si han visto alguna vez un mapa de la mente de una persona. Los médicos a veces trazan mapas de otras partes de uno, y nuestro propio mapa puede resultar intensamente interesante, pero tendrían que verles intentando dibujar el mapa de la mente de un niño, que no solo es confusa sino que está dando vueltas todo el tiempo. Hay líneas en zigzag, igual que su temperatura en un gráfico, y estos son probablemente los caminos de la isla, porque el País de Nunca Jamás siempre es más o menos una isla, con increíbles manchones de color aquí y allí, y arrecifes de coral y una embarcación ladeada en perspectiva, y salvajes y guaridas abandonadas, y gnomos que son sastres en su mayoría, y cuevas por las que pasa un río, y príncipes con seis hermanos mayores, y una cabaña deteriorándose rápidamente, y una dama anciana muy bajita con la nariz ganchuda. Sería un mapa sencillo si eso fuera todo, pero también está el primer día en la escuela, la religión, los padres, el estanque redondo, el bordado, asesinatos, colgados, verbos que conjugar en dativo, día del budín de chocolate, ponerse los tirantes, decir treinta y tres, tres peniques por sacarse el diente uno mismo, y así sucesivamente, y o bien estas cosas son parte de la isla o son otro mapa que se ve al trasluz, y todo es bastante confuso, especialmente porque nada se queda quieto.

Claro está que los Países de Nunca Jamás varían bastante. El de John, por ejemplo, tenía una laguna con flamencos que la sobrevolaban mientras que John les disparaba, mientras que Michael, que era muy pequeño, tenía un flamenco con lagunas volando por encima de él. John vivía en un barco puesto cabeza abajo sobre la arena, Michael en un wigwam, Wendy en una casa de hojas hábilmente entrecosidas. John no tenía amigos, Michael tenía amigos por la noche, Wendy tenía por mascota un cachorro de lobo abandonado por sus padres, pero en conjunto los Países de Nunca Jamás tienen un parecido familiar, y si se quedaran quietos puestos en fila se podría decir que tienen la misma nariz, y cosas así. En estas tierras mágicas los niños, al jugar, están siempre haciendo encallar sus barquitos. Nosotros también hemos estado allí: todavía podemos escuchar el sonido del oleaje, aunque no volveremos a desembarcar.

De todas las islas encantadoras, Nunca Jamás es la más acogedora y compacta, no es grande ni está toda despatarrada, ya saben, con tediosas distancias entre una aventura y otra, sino cómodamente apretujada. Cuando están jugando en ella de día con sillas y mantel, no es para nada alarmante, pero en los dos minutos antes de que se vayan a dormir se vuelve muy real. Es por eso que dejan lamparillas durante la noche.

Ocasionalmente, en sus viajes a través de las mentes de sus hijos, la señora Darling encontraba cosas que no podía entender, y de estas la más desconcertante de todas era la palabra Peter. Ella no conocía a ningún Peter, y sin embargo él estaba aquí y allí en las mentes de John y Michael, mientras que en la de Wendy empezaba a estar garabateado por todas partes. El nombre aparecía escrito en letras más grandes que ninguna de las otras palabras, y cuando la señora Darling lo miraba le daba la sensación de que tenía un aspecto curiosamente como de gallito.

—Sí, es bastante gallito —admitió Wendy con pesar. Su madre le había estado preguntando.

—Pero ¿quién es, cielo?

—Es Peter Pan, ya sabe, Madre.

Al principio la señora Darling no sabía, pero después de irse con su mente a su propia niñez se acordó de Peter Pan, de quien se decía que vivía con las hadas. Había extrañas historias sobre él, como que cuando los niños morían él iba parte del camino con ellos, para que no se asustaran. Ella había creído en él en aquella época, pero ahora que estaba casada y llena de sentido común ciertamente dudaba de que existiera una persona así.

—Aparte —le dijo a Wendy—, ya sería un adulto.

—Oh, no, él no ha crecido —le aseguró Wendy con seguridad— y es justo de mi talla. —Se refería a que él era de su talla en tanto mente como cuerpo: no sabía cómo lo sabía, simplemente lo sabía.

La señora Darling consultó al señor Darling, pero él se rió.

—Vas a ver —dijo—, es alguna tontería que Nana les ha metido en la cabeza: justo el tipo de idea que tendría un perro. Déjalo estar, y se les olvidará.

Pero no se les olvidaba y pronto el problemático niño le dio un buen susto a la señora Darling.

Los niños tienen las aventuras más extrañas sin preocuparse por ellas. Por ejemplo, pueden acordarse de mencionar, una semana después de que sucediera, que cuando fueron al bosque se encontraron con su padre muerto y estuvieron jugando con él. Fue de este modo, de pasada, que Wendy hizo una mañana una revelación inquietante. Habían encontrado algunas hojas de árbol en el suelo de la habitación de los niños, que ciertamente no estaban allí cuando los niños se fueron a la cama, y la señora Darling estaba dándole vueltas al asunto cuando Wendy dijo con una sonrisa tolerante:

—¡Seguro que es ese Peter otra vez!

—¿De qué estás hablando, Wendy?

—Ese pícaro no se limpia los pies —dijo Wendy, suspirando. Era una niña prolija.

Le explicó de un modo totalmente natural que pensaba que Peter venía a veces a la habitación de los niños por la noche y se sentaba a los pies de su cama y tocaba la flauta para ella. Desafortunadamente ella nunca se despertaba, así que no sabía cómo lo sabía, simplemente lo sabía.

—Qué tonterías dices, preciosa. Nadie puede entrar en la casa sin llamar a la puerta.

—Creo que él entra por la ventana —dijo ella.

—Amor mío, es el tercer piso.

—¿No estaban las hojas al pie de la ventana, Madre?

Era cierto: las hojas las habían encontrado muy cerca de la ventana. La señora Darling no sabía qué pensar, porque todo parecía tan natural para Wendy que no podía descartarlo diciendo que había estado soñando.

—Mi niña —exclamó la madre—, ¿por qué no me lo contaste antes?

—Se me olvidó —dijo Wendy sin darle importancia. Tenía prisa por ir a desayunar.

Oh, seguro que debe de haber estado soñando.

Pero, por otra parte, estaban las hojas. La señora Darling las examinó cuidadosamente: eran hojas con nervadura, pero estaba segura de que no provenían de ningún árbol que creciera en Inglaterra. Gateó por el suelo, revisándolo con una vela en busca de marcas de pies extraños. Sacudió el atizador en el tiro de la chimenea y golpeó las paredes. Descolgó una cinta por la ventana hasta el pavimento, y había una caída vertical de nueve metros, sin siquiera un canalón por el cual subir.

Ciertamente Wendy había estado soñando.

Pero Wendy no había estado soñando, como se vio la siguiente noche, la noche en la que podría decirse que empezaron las extraordinarias aventuras de estos niños.

En la noche de la que hablamos todos los niños estaban nuevamente en la cama. Resulta que era la noche libre de Nana, y la señora Darling los había bañado y había cantado hasta que uno por uno habían soltado su mano y se habían deslizado al país de los sueños.

Todos parecían tan a salvo, cómodos y calentitos que ahora sonrió ante sus temores y se sentó tranquilamente junto al fuego para coser.

Era algo para Michael, quien en su cumpleaños iba a empezar a usar camisas. El fuego daba calor, sin embargo, y la habitación de los niños estaba tenuemente iluminada por tres lamparillas nocturnas, y pronto la labor quedó sobre el regazo de la señora Darling. Luego cabeceó con gran gracilidad. Estaba dormida. Mírenlos a los cuatro,

Wendy y Michael por allí, John aquí, y la señora Darling junto al fuego. Debería haber habido una cuarta lamparilla.

Mientras dormía, la señora Darling tuvo un sueño. Soñó que el País de Nunca Jamás había pasado demasiado cerca y que un niño extraño se había escapado de él. Él no le dio miedo, porque le pareció haberle visto antes en las caras de muchas mujeres que no tienen hijos. Tal vez se le puede encontrar también en las caras de algunas madres. Pero en su sueño él había rasgado el velo que oscurece el País de Nunca Jamás, y vio a Wendy, John y Michael espiando por la brecha.

El sueño en sí hubiera sido una nimiedad, pero mientras soñaba la ventana de la habitación de los niños se abrió con el viento, y un niño aterrizó sobre el suelo. Venía acompañado por una extraña luz, no más grande que el puño de uno de ustedes, que revoloteó como una flecha por la habitación como algo viviente y pienso que debe de haber sido esta luz lo que hizo despertar a la señora Darling.

Se levantó con un grito, y vio al niño, y de algún modo supo inmediatamente que era Peter Pan. Si ustedes o yo o Wendy hubiéramos estado allí habríamos visto que era muy parecido al beso de la señora Darling. Era un niño encantador, vestido en hojas con nervadura y los jugos que rezuman de los árboles pero lo más fascinante de él era que tenía todos sus dientes de leche. Cuando vio que ella era una adulta, hizo rechinar sus pequeñas perlas mirándola.

. . . .

La sombra

L A SEÑORA DARLING gritó, y como si estuviera respondiendo a un llamado, la puerta se abrió y entró Nana, volviendo de su noche libre. Gruñó y se tiró sobre el niño, quien saltó con ligereza por la ventana. De nuevo gritó la señora Darling, esta vez preocupada por él, porque pensó que había muerto, y bajó corriendo a la calle para buscar su pequeño cuerpo, pero no estaba allí, y miró hacia arriba, y en la negra noche no podía ver nada sino lo que creyó que era una estrella fugaz.

Volvió a la habitación de los niños, y vio que Nana tenía algo en la boca, que resultó ser la sombra del niño. Al saltar hacia la ventana Nana la había cerrado rápidamente, demasiado tarde para atraparle, pero a su sombra no le había dado tiempo de salir. ¡Pam! La ventana se cerró y se la arrancó.

Pueden estar seguros de que la señora Darling examinó la sombra con detenimiento, pero era de las normales.

Nana no tenía ninguna duda de qué era lo mejor que podía hacer con esta sombra. La colgó de la ventana, pensando "Seguro que volverá por ella, pongámosla donde la pueda recoger fácilmente sin molestar a los niños".

Pero desgraciadamente la señora Darling no la podía dejar colgando por la ventana, era tan parecida a la ropa de la colada y hacía desmerecer todo el carácter de la casa. Pensó en mostrársela al señor Darling, pero él estaba sumando el precio de los sobretodos invernales para John y Michael, con una toalla mojada alrededor de la cabeza para mantener su mente clara, y parecía una lástima molestarle; aparte, ella sabía exactamente lo que él diría:

—Todo es por tener un perro como niñera.

Decidió enrollar la sombra y guardarla cuidadosamente en un cajón, hasta que encontrara el momento apropiado para contárselo a su esposo. ¡Ay de mí!

El momento llegó una semana más tarde, en aquel inolvidable viernes[1]. Tenía que ser un viernes.

—Yo debería tener especial cuidado los viernes —le solía decir después a su esposo, mientras tal vez Nana estaba a su otro costado, sosteniéndole la mano.

—No, no —decía siempre el señor Darling—. Yo soy el responsable de todo. Yo, George Darling, lo hice. *Mea culpa, mea culpa.* Había tenido una educación clásica.

Así es como estaban noche tras noche recordando aquel viernes fatal, hasta que cada detalle del mismo quedaba estampado en sus cerebros y salía por el otro lado como las caras de una moneda mala.

—Si tan solo no hubiera aceptado aquella invitación para cenar en el número 27 —decía la señora Darling.

—Si tan solo no hubiera volcado mi medicina en el cuenco de Nana —decía el señor Darling.

—Si tan solo hubiera fingido que me gustaba la medicina —era lo que decía Nana, con ojos llorosos.

—Mi gusto por las fiestas, George.

—Mi fatal sentido del humor, querida.

—Mi susceptibilidad por nimiedades, queridos amo y ama.

Entonces uno o más de ellos perdía el control por completo; Nana ante el pensamiento "Es verdad, es verdad, no deberían haber tenido un perro por niñera". Muchas veces era el señor Darling quien pasaba el pañuelo por los ojos de Nana.

—¡Qué desalmado! —exclamaba el señor Darling, y los ladridos de Nana eran el eco, pero la señora Darling nunca reprendió a Peter: había algo en la comisura derecha de su boca que no quería que insultara a Peter.

Se sentaban allí, en la habitación vacía de los niños, recordando con cariño hasta el último detalle de aquella terrible noche. Había comenzado tan tranquila, tan igualita a cientos de otras noches, con

---

[1]El viernes se considera en muchos lugares el día de la mala suerte.

Nana cargando agua para el baño de Michael y llevándosela sobre su lomo.

—No me meteré en la cama —había gritado él, como quien todavía creía que tenía la última palabra sobre el tema—. No lo haré, no lo haré. Nana, todavía no son las seis. Oh, querida, oh, querida, no te voy a querer más, Nana. ¡Te digo que no me vas a bañar, no lo harás, no lo harás!

Luego la señora Darling había entrado, llevando su traje blanco de fiesta. Se había vestido pronto porque a Wendy le gustaba tanto verla con su traje de fiesta, con el collar que George la había dado. Llevaba el brazalete de Wendy en el brazo, se lo había pedido prestado. A Wendy le encantaba prestarle su brazalete a su madre.

Se había encontrado con sus dos hijos mayores jugando a ser ella y Padre en la ocasión del nacimiento de Wendy, y John estaba diciendo:

—Me alegra informarla, señora Darling, de que ahora es usted madre —justo en un tono que podría haber usado el mismo señor Darling en la verdadera ocasión.

Wendy había danzado de gozo, justo como la verdadera señora Darling debió de hacer.

Luego nació John, con la pompa extra que él se imaginaba que habría por el nacimiento de un varón, y Michael vino después de su baño para pedir que también él naciera, pero John dijo brutalmente que no querían a ninguno más.

Michael por poco lloró.

—Nadie me quiere —dijo, y por supuesto la dama en el traje de noche no pudo soportar eso.

—Yo sí —dijo—, tengo tantas ganas de tener un tercer hijo.

—¿Niño o niña? —preguntó Michael, sin demasiadas esperanzas.

—Niño.

Entonces él saltó a sus brazos. Algo tan nimio como para que lo recordaran ahora el señor y la señora Darling y Nana, pero no tan nimio si esa había de ser la última noche de Michael en la habitación de los niños.

· · · · · ·

Siguen con sus recuerdos.

⁎ ⁎ ⁎ ⁎ ⁎ ⁎

—¿Fue entonces que yo entré como un tornado, no? —decía el señor Darling, desdeñándose a sí mismo: la verdad es que sí había estado como un tornado.

Tal vez tenía algo de excusa. Él, también, se había estado vistiendo para la fiesta, y todo había ido bien hasta que llegó a su corbata. Es algo asombroso que decir, pero este hombre, a pesar de que sabía de acciones y valores, no tenía dominio de su corbata. A veces lo conseguía sin luchar, pero había ocasiones en las que hubiera sido mejor para la casa si se hubiera tragado su orgullo y hubiera usado una corbata precosida.

Esta era una de esas ocasiones. Entró corriendo en la habitación de los niños con el pequeño bollo de corbata en la mano.

—¿Qué sucede, querido Padre?

—¡Suceder! —chilló: sí, verdaderamente chilló—. Esta corbata, que no se quiere anudar. —Se puso peligrosamente sarcástico—. ¡No alrededor de mi cuello! ¡Alrededor del pilar de la cama! ¡Sí, veinte veces la he podido anudar alrededor del pilar de la cama, pero alrededor de mi cuello, no! ¡No, es que no! ¡Ni pide disculpas!

Le pareció que la señora Darling no estaba suficientemente impresionada, y siguió duramente:

—Te lo advierto, Madre: a no ser que esta corbata esté alrededor de mi cuello no salimos a cenar esta noche, y si no salimos a cenar esta noche, no vuelvo nunca más a la oficina, y si no vuelvo nunca más a la oficina, tu y yo nos morimos de hambre y nuestros hijos tendrán que ser echados a la calle.

Aún entonces la señora Darling estaba apacible.

—Déjame intentarlo, querido —dijo, y justamente era eso lo que él había venido a pedirle, y con sus hermosas y serenas manos le ató la corbata, mientras los niños se quedaban esperando a que se decidiera su suerte. Algunos hombres se hubieran molestado de que ella lo pudiera hacer con tanta facilidad, pero el señor Darling tenía demasiado buen carácter como para ello. Se lo agradeció de manera descuidada, y al momento se había olvidado de su furia, y al momento siguiente estaba girando por la habitación con Michael sobre los hombros.

—¡Qué manera de retozar! —dice ahora la señora Darling, al recordarlo.

—¡Nuestro último retozo! —el señor Darling gruñó.

—Oh, George, ¿recuerdas cuando Michael de pronto me dijo "¿Cómo me conoció usted, Madre?".

—¡Lo recuerdo!

—Qué dulces eran, ¿no crees, George?

—Y eran nuestros, ¡nuestros! Y ahora se han ido.

El retozo había terminado con la aparición de Nana, y del modo más desafortunado el señor Darling se chocó con ella, llenando sus pantalones de pelos. No solo eran pantalones nuevos, sino que eran los primeros que jamás había tenido con galones, y se tuvo que morder los labios para que no se le saltaran las lágrimas. Por supuesto que la señora Darling le cepilló, pero empezó a hablar de nuevo sobre que había sido un error tener un perro por niñera.

—George, Nana es un tesoro.

—Sin duda, pero a veces me siento intranquilo pensando que cree que los niños son cachorros.

—Oh, no, querido, estoy segura de que sabe que tienen almas.

—No sé —dijo el señor Darling pensativamente—. No sé.

Era una oportunidad, sintió su esposa, para contarle del niño. Primero se rió de la historia, pero luego se quedó pensativo cuando ella le mostró la sombra.

—No es nadie que yo conozca —dijo, examinándola cuidadosamente—, pero parece un bribón.

—Todavía lo estábamos discutiendo, recuerdas —dijo el señor Darling— cuando Nana entró con la medicina de Michael. Nunca volverás a llevar la botella en la boca, Nana, y todo es por mi culpa.

Siendo el hombre fuerte que era, no había duda de que se había comportado bastante tontamente con la medicina. Si tenía una debilidad, era pensar que toda su vida se había tomado los jarabes con valentía, así que ahora, cuando Michael esquivó la cuchara que le traía Nana en la boca, dijo en tono reprobatorio:

—Sé un hombre, Michael.

—¡No lo haré, no lo haré! —Michael lloró, portándose mal.

La señora Darling salió de la habitación para buscarle chocolate, y el señor Darling pensó que esto demostraba una falta de firmeza.

—Madre, no le mimes —le dijo desde la puerta—. Michael, cuando yo tenía tu edad me tomaba la medicina sin chistar. Decía "Gracias, amables padres, por darme remedios que me hacen bien".

Él verdaderamente se lo creía, y Wendy, que ahora estaba en camisón, también lo creía, y dijo, para animar a Michael:

—Esa medicina que toma a veces, Padre, es mucho más repugnante, ¿no es cierto?

—Muchísimo más repugnante —dijo el señor Darling con valentía—, y me la tomaría ahora para darte ejemplo, Michael, si no hubiera perdido la botella.

No la había perdido exactamente: se había trepado en mitad de la noche a lo alto del armario y la había escondido allí. Lo que no sabía es que la fiel Liza la había encontrado y la había vuelto a colocar en su lavabo.

—Yo sé dónde está, Padre —exclamó Wendy, siempre contenta de ser útil—. Se la traeré —y se había ido antes de que él la pudiera detener. Inmediatamente se desanimó del modo más extraño.

—John —dijo, estremeciéndose—, es de lo más asqueroso. Es de ese tipo repugnante, pegajoso, dulzón.

—Será solo un momento, Padre —dijo John dándole ánimos, y Wendy entró corriendo con la medicina en un vaso.

—Me di toda la prisa que pude —dijo jadeando.

—Has sido increíblemente rápida —replicó su padre, con una amabilidad vengativa que resultaba totalmente desaprovechada en ella—. Primero Michael —dijo obstinadamente.

—Primero Padre —dijo Michael, que era de carácter suspicaz.

—Vomitaré, te lo advierto —dijo el señor Darling amenazadoramente.

—Oh, venga, Padre —dijo John.

—Cállate la boca, John —le espetó su padre.

Wendy estaba totalmente desconcertada.

—Creía que se la tomaba con gusto, Padre.

—No se trata de eso —espetó—. Es que hay más en mi vaso que en la cuchara de Michael. —Su orgulloso corazón estaba a punto de estallar—. Y no es justo, lo diría aunque fuera con mi último aliento, no es justo.

—Padre, estoy esperando —dijo Michael con frialdad.

—Ya puedes decir que estás esperando, yo también estoy esperando.

—Padre es un cobardica.

—Tu también eres un cobardica.

—No tengo miedo.

—Yo tampoco tengo miedo.

—Bien, pues tómeselo.

—Bien, pues tómatelo tú.

Wendy tuvo una idea espléndida.

—¿Por qué no se lo toman ambos al mismo tiempo?

—Magnífico —dijo el señor Darling—. ¿Estás listo, Michael?

Wendy contó uno, dos, tres, y Michael se tomó su medicina, pero el señor Darling la escondió a sus espaldas.

Hubo un aullido de furia por parte de Michael y Wendy exclamó:

—¡Oh, Padre!

—¿Qué quieres decir con "Oh, Padre"? —le preguntó el señor Darling—. Basta ya, Michael. Yo me iba a tomar la mía, pero... no acerté.

El modo en que los tres le estaban mirando era terrible, como si no le admiraran.

—Fíjense, todos ustedes —dijo suplicante, tan pronto como Nana entró en el baño—. Se me acaba de ocurrir una espléndida broma. ¡Pondré mi medicina en el cuenco de Nana, y se la beberá, pensando que es leche!

Era del color de la leche, pero los niños no tenían el sentido del humor de su padre, y le miraron llenos de reproche cuando volcó la medicina en el cuenco de Nana.

—¡Qué divertido! —dijo dudoso, y no se atrevieron a delatarle cuando volvieron la señora Darling y Nana.

—Nana, buena perra —le dijo, acariciándola—, te he puesto un poco de leche en el cuenco, Nana.

Nana meneó el rabo, corrió a la medicina, y empezó a bebérsela a lengüetazos. Vaya mirada que le dirigió entonces al señor Darling. No una mirada de enfado: le mostró esa gran lágrima roja de los perros nobles que tanta pena nos da, y se metió lentamente dentro de su caseta.

El señor Darling estaba tremendamente avergonzado, pero no quería reconocerlo. En medio de un horroroso silencio la señora Darling olió el cuenco.

—Oh, George —dijo—, ¡es tu medicina!

—Solo era una broma —rugió, mientras ella consolaba a los niños y Wendy abrazaba a Nana—. Cuánto éxito que tengo —dijo amargamente—, matándome por ser gracioso en esta casa.

Y Wendy seguía abrazando a Nana.

—¡Estupendo! —gritó—. ¡Mímenla! Nadie me mima a mí. ¡No, no! Solo soy el que sostiene esta familia, ¡por qué me iban a mimar! ¡Por qué, por qué, por qué!

—George —le rogó la señora Darling—, no tan alto, los sirvientes te van a oír. —De algún modo habían tomado por costumbre llamar "los sirvientes" a Liza.

—¡Que lo hagan! —contestó de modo temerario—. Tráete al mundo entero. Pero me niego a permitir que ese perro me trate con prepotencia en la habitación de los niños de mi propia casa durante una sola hora más.

Los niños lloraban, y Nana corrió hacia él suplicándole, pero él la apartó de un manotazo. Se sentía un hombre fuerte de nuevo.

—En vano, en vano —exclamó—, tu lugar es el patio, y allí te voy a atar ahora mismo.

—George, George —susurró la señora Darling—, recuerda lo que te dije sobre ese niño.

Pero ay, no escuchaba. Estaba determinado a mostrar quién era el amo de la casa, y al ver que no podía sacar a Nana de su caseta con órdenes, la atrajo con palabras dulzonas y sujetándola con firmeza, la sacó a rastras de la habitación. Estaba avergonzado, pero lo hizo aún así. Todo era por su carácter demasiado cariñoso, que necesitaba admiración. Cuando la hubo atado en el patio trasero, el desgraciado padre entró y se sentó en el pasillo, con los nudillos en los ojos.

Mientras tanto la señora Darling había metido a los niños en la cama con un silencio desacostumbrado y había encendido las lamparillas nocturnas. Podían oír como Nana ladraba, y John gimoteaba:

—Es porque la está encadenando en el patio.

Pero Wendy fue más sabia:

—Ese no es el ladrido de tristeza de Nana —dijo, sin adivinar lo que iba a suceder—. Es su ladrido de cuando huele a peligro.

¡Peligro!

—¿Estás segura, Wendy?

—Oh, sí.

La señora Darling se estremeció y se dirigió a la ventana. Estaba firmemente cerrada. Miró hacia fuera, y la noche estaba salpicada de estrellas. Se estaban agolpando alrededor de la casa, como si tuvieran curiosidad por ver lo que iba a acontecer allí, pero ella no se percató de ello, ni de que una o dos de las más pequeñas titiló al verla. Sin embargo un miedo sin nombre le atenazó el corazón y le hizo exclamar:

—¡Cuánto desearía no tener que ir a una fiesta esta noche!

Incluso Michael, que ya estaba medio dormido, sabía que ella se sentía perturbada, y le preguntó:

—¿Hay algo que nos pueda dañar, Madre, después de haber encendido las lamparillas nocturnas?

—Nada, tesoro —dijo—, son los ojos que una madre deja tras de sí para cuidar de sus niños.

Fue de cama en cama cantándoles con dulzura, y el pequeño Michael le echó los brazos al cuello.

—Madre —exclamó—, me alegro de tenerte.

Esas fueron las últimas palabras que iba a escucharle decir por mucho tiempo.

El número 27 estaba a solo unos pocos metros, pero había caído algo de nieve, y el padre y la madre Darling anduvieron con mucho cuidado y destreza para no ensuciarse los zapatos. Ya eran las únicas personas en la calle, y todas las estrellas los miraban. Las estrellas son hermosas, pero no pueden tomar parte activa en nada, solo pueden quedarse mirando para siempre. Es un castigo que les fue impuesto por algo que hicieron hace tanto tiempo que ninguna estrella sabe qué fue. De modo que a las más ancianas se les vuelve vidriosa la mirada y rara vez hablan (titilar es el idioma de las estrellas), pero las pequeñas siguen haciendo preguntas. No son muy amigables para con Peter, quien tiene un modo travieso de aparecer súbitamente detrás de ellas e intentar apagarlas de un soplo, pero les gusta tanto la diversión que estaban de su lado esta noche, e impacientes por que los adultos se salieran de en medio. Tan pronto como se cerró la puerta del número 27 al entrar el señor y la señora Darling hubo una conmoción en el firmamento, y la más pequeña de todas las estrellas de la Vía Láctea pegó un grito:

—¡Ahora, Peter!

¡Vámonos, vámonos!

D URANTE UN MOMENTO después de que el señor y la señora
Darling dejaran la casa, las lamparillas junto a las camas de los
tres niños siguieron ardiendo con claridad. Eran unas lamparillas de
noche lindísimas, y no podemos evitar desear que se hubieran podido
mantener despiertas para ver a Peter, pero la lamparilla de Wendy
parpadeó y dio tamaño bostezo que las otras dos bostezaron
también, y antes de que pudieran cerrar sus bocas se apagaron las tres.

Ahora había otra luz en la habitación, mil veces más brillante que
las lamparillas, y en el tiempo que hemos tardado en decir esto, ya
se ha metido por todos los cajones de la habitación de los niños,
buscando la sombra de Peter, ha hurgado en el armario y ha sacado
todos los bolsillos. No era en realidad una luz: producía esa luz al
destellar tan rápidamente, pero cuando se detenía un segundo podías
ver que era un hada, no más grande que la mano de uno de ustedes,
pero es que todavía estaba creciendo. Era una muchacha llamada
Campanilla, exquisitamente vestida con una hoja con nervadura, con
escote cuadrado muy pronunciado, para que su figura se viera del
modo más favorecedor. Tenía una leve tendencia al *embonpoint*[1].

Un momento después de la entrada del hada la ventana se abrió
de golpe cuando soplaron las estrellitas, y Peter entró de un salto.
Había acarreado a Campanilla parte del camino, y su mano estaba
todavía sucia con polvo de hadas.

—Campanilla —llamó suavemente, después de asegurarse de que
los niños estaban dormidos—. Campanilla, ¿dónde estás?

Se encontraba dentro de una jarra en ese momento, y le gustaba
muchísimo: nunca antes había estado en una jarra.

—Oh, sal de esa jarra y dime: ¿sabes dónde han puesto mi sombra?

[1] En francés en el original: gordura.

Le contestó un adorable tintineo, como de campanillas de oro. Es el idioma de las hadas. Puede que ustedes los niños normales nunca lo hayan oído, pero si lo oyeran sabrían que lo habían oído antes.

Campanilla dijo que la sombra estaba en la caja grande. Se refería a la cómoda, y Peter saltó abriendo los cajones, esparciendo su contenido sobre el suelo con ambas manos, del mismo modo que los reyes lanzan peniques a una multitud. En un momento había recuperado su sombra, y estaba tan entusiasmado que se olvidó de que había encerrado a Campanilla en el cajón.

Si es que había pensado en ello, aunque no creo que pensara nunca, debía de haber supuesto que él y su sombra, al estar cerca la una del otro, se unirían como dos gotas de agua, y al ver que no lo hacían se quedó consternado. Intentó pegársela con jabón del baño, pero eso tampoco funcionó. Peter sintió un estremecimiento, y se sentó en el suelo llorando.

Sus sollozos despertaron a Wendy, quien se sentó en la cama. No se sintió alarmada al ver a un extraño llorando en el suelo del dormitorio: tan solo estaba gratamente sorprendida.

—Niño —le dijo con cortesía—, ¿por qué lloras?

Peter también sabía cómo ser extremadamente educado, habiendo aprendido grandilocuencia en las ceremonias de las hadas, de modo que se levantó y le hizo una hermosa reverencia. Ella quedó muy complacida, y se inclinó graciosamente desde la cama.

—¿Cuál es tu nombre? —le preguntó.

—Wendy Moira Ángela Darling —replicó ella con algo de satisfacción—. ¿Y cuál es tu nombre?

—Peter Pan.

Ella ya estaba segura de que tenía que ser Peter, pero le pareció un nombre bastante corto en comparación.

—¿Eso es todo?

—Sí —dijo él con bastante brusquedad. Era la primera vez que sentía que era un nombre cortito.

—Cuánto lo siento —dijo Wendy Moira Ángela.

—No importa —dijo Peter, tragando saliva. Le preguntó dónde vivía.

—La segunda a la derecha —dijo Peter— y luego todo recto hasta la mañana.

—¡Qué dirección tan rara!

Peter se hundió. Era la primera vez que sentía que tal vez era una dirección rara.

—No, no lo es —dijo.

—Quiero decir —dijo Wendy amablemente, recordando que ella era la anfitriona—, ¿es eso lo que ponen en las cartas? —Él deseó que ella no hubiera mencionado las cartas.

—No recibo cartas —dijo desdeñosamente.

—Pero ¿tu madre recibe cartas?

—No tengo madre —dijo.

No solo no tenía madre sino que no tenía el menor deseo de tener una. Le parecían personas muy sobreestimadas. Wendy, en cambio, sintió inmediatamente que esto era una tragedia.

—Oh, Peter, no me extraña que estuvieras llorando —dijo, salió de la cama y corrió hacia él.

—No estaba llorando por las madres —dijo bastante indignado—. Estaba llorando porque no puedo volver a pegarme la sombra. Aparte, no estaba llorando.

—¿Se te ha despegado?

—Sí.

Entonces Wendy vio la sombra sobre el suelo, tan arrugada, que se sintió tremendamente triste por Peter.

—¡Qué horror! —dijo, pero no pudo evitar sonreír cuando vio que él había estado intentado pegarla con jabón. ¡Qué propio de un niño!

Afortunadamente en seguida supo qué hacer.

—Hay que cosértela —dijo, con algo de condescendencia.

—¿Qué es coser? —preguntó.

—Eres enormemente ignorante.

—No, no lo soy.

Pero ella estaba regocijándose de su ignorancia.

—Yo te la coseré, hombrecito —dijo, aunque él era tan alto como ella, y sacó su costurero, y cosió la sombra al pie de Peter.

—Tengo que decirte que te dolerá un poco —le advirtió.

—Oh, no voy a llorar —dijo Peter, que ya pensaba que nunca había llorado en toda su vida. Y apretó los dientes y no lloró, y pronto su sombra se estaba portando bien, aunque estaba todavía algo arrugada.

—Tal vez la debería haber planchado —dijo Wendy pensativamente, pero a Peter, como buen muchacho, le traían sin cuidado las apariencias, y ahora estaba dando saltos con salvaje júbilo. Ay, ya se había olvidado que le debía su dicha a Wendy. Pensaba que se había pegado la sombra él mismo.

—¡Qué listo que soy! —se pavoneó con frenesí—. ¡Ay, pero qué listo que soy!

Es humillante tener que confesar que este engreimiento de Peter era una de sus más fascinantes cualidades. Con la más cruda franqueza, nunca hubo un niño más gallito.

Pero de momento Wendy estaba escandalizada.

—Qué engreído —exclamó, con tremendo sarcasmo—. Claro, ¡yo no hice nada!

—Hiciste un poco —dijo Peter sin darle importancia, y siguió bailando.

—¡Un poco! —replicó ella con altivez—. Si no me necesita me retiraré —y se subió del modo más majestuoso a la cama y cubrió su cara con las mantas.

Para hacerla mirar él fingió irse, y cuando esto no dio resultado se sentó al borde de la cama y le dio un empujoncito con el pie.

—Wendy, no te retires —dijo—. No puedo evitar pavonearme, Wendy, cuando estoy satisfecho conmigo mismo. —Ella seguía sin querer mirarle, aunque estaba escuchando ávidamente—. Wendy —continuó, con un tono de voz que ninguna mujer ha sido nunca capaz de resistir—, Wendy, una chica vale más que veinte chicos.

Resulta que Wendy era una mujer hasta el último centímetro,

aunque no eran muchos centímetros, y se asomó fuera de su ropa de cama.

—¿De verdad lo crees, Peter?

—Sí.

—Pienso que es muy dulce por tu parte —declaró—, y me levantaré de nuevo —y se sentó con él en el borde de la cama. También dijo que le daría un beso si él quería, pero Peter no sabía a qué se refería, y extendió la mano con expectación.

—¿Pero no sabes lo que es un beso? —preguntó ella, horrorizada.

—Lo sabré cuando me lo des —replicó él fríamente, y para no herir sus sentimientos ella le dio un dedal.

—Ahora —dijo él—, ¿te doy un beso yo?

Y ella replicó con algo de altivez:

—Si lo deseas.

Ella dejó ver su carácter deseoso al inclinar su cara hacia él, pero él se limitó a dejar caer una bellota en su mano, de modo que lentamente volvió su cara a la posición de antes, y dijo amablemente que llevaría su beso en la cadenilla que tenía al cuello. Fue una suerte que la pusiera en esa cadenilla, porque después le iba a salvar la vida.

Cuando se presentan las personas de nuestra sociedad, es costumbre preguntarse mutuamente la edad, así que Wendy, a quien siempre le gustaba hacer lo correcto, le preguntó a Peter cuántos años tenía. La verdad es que no era una pregunta muy afortunada para hacerle: era como un examen en el que te preguntan sobre gramática, cuando lo que querrías que te preguntaran son los reyes de Inglaterra.

—No lo sé —replicó nervioso—, pero soy muy joven. —Lo cierto es que no tenía ni idea, sino solamente sospechas, pero aventuró algo—: Wendy, me escapé el día en que nací.

Wendy se quedó muy sorprendida, pero interesada, y le indicó con encantadores modales de salón, tocando su camisón, que se podía sentar más cerca de ella.

—Es porque escuché a Padre y a Madre —explicó en voz baja— hablar de lo que yo iba a ser cuando fuera mayor. —Estaba extra-ordinariamente agitado ahora—. No quiero ser mayor jamás —dijo con vehemencia——. Quiero ser siempre un niño pequeño y divertirme. Así que me escapé a los Jardines de Kensington y viví mucho, mucho tiempo con las hadas.

Ella lo miró con la más intensa admiración, y él pensó que era porque se había escapado, pero en realidad era porque conocía hadas. Wendy había vivido una vida tan hogareña que conocer hadas le parecía absolutamente encantador. Le hizo un millón de preguntas sobre ellas, para su sorpresa, porque eran más bien una molestia para él, poniéndose en su camino por ejemplo, y la verdad es que a veces les tenía que dar un chirlo. A pesar de eso, en general le gustaban, y le contó cómo se crearon las hadas.

—Verás, Wendy, cuando el primer bebé se rió por primera vez, su risa se hizo mil pedazos y todos se alejaron a los saltos, y así es como nacieron las hadas.

Una charla tediosa, pero a ella, que siempre estaba en casa, le gustaba.

—Por eso —continuó él afablemente— debería haber un hada por cada niño y niña.

—¿Debería haber? ¿No las hay?

—No. Es que los niños saben un montón ahora, y pronto dejan de creer en las hadas, y cada vez que un niño dice "No creo en las hadas" un hada en alguna parte se cae muerta.

Para entonces a él le pareció que ya habían hablado suficiente sobre hadas, y le llamó la atención que Campanilla estuviera tan callada.

—No se me ocurre a dónde se pudo haber ido —dijo, levantándose y llamando a Campanilla por su nombre. El corazón de Wendy empezó a palpitar agitadamente de la emoción.

—Peter —exclamó agarrándole—, ¡no me irás a decir que hay un hada en esta habitación!

—Estaba aquí hace un momento —dijo él con algo de impaciencia—. ¿Puedes oírla? —Ambos prestaron atención.

—Lo único que oigo —dijo Wendy— es como un tintineo de campanas.

—Pues esa es Campanilla, ese es el idioma de las hadas. Creo que yo también la oigo.

El sonido venía de la cómoda, y Peter hizo una mueca divertida. Nadie podía parecer tan divertido como Peter, y su risa era el más lindo de los gorjeos. Todavía conservaba su primera risa.

—Wendy —susurró muerto de risa—, ¡creo que la encerré en el cajón!

Dejó salir a la pobre Campanilla del cajón, y salió volando por la habitación chillando furiosa.

—No deberías decir esas cosas —le amonestó Peter—. Claro que lo siento mucho, pero ¿cómo iba a saber que estabas en el cajón?

Wendy no le estaba escuchando.

—Oh, Peter —exclamó—, ¡si tan solo se quedara quieta y me dejara verla!

—Casi nunca se están quietas —dijo él, pero por un momento Wendy vio a la romántica figura posarse sobre el reloj de cuco.

—¡Ay, qué bonita! —exclamó, a pesar de que la cara de Campanilla seguía deformada por el enojo.

—Campanilla —dijo Peter afablemente—, esta dama dice que desearía que fueras su hada.

Campanilla contestó insolentemente.

—¿Qué está diciendo, Peter?

Él tuvo que traducir.

—No está siendo muy educada. Dice que eres una niña grande y fea, y que ella es mi hada.

Él intentó discutir con Campanilla.

—Sabes que no puedes ser mi hada, Campanilla, porque yo soy un caballero y tu eres una dama.

Ante esto Campanilla replicó:

—Zopenco —y se metió dentro del baño.

—Es un hada bastante vulgar —explicó Peter disculpándose—. Se llama Campanilla del Hojalatero porque arregla las ollas y teteras.

Estaban juntos en el sillón en este momento, y Wendy le asediaba con más preguntas.

—Si ahora no vives en los Jardines de Kensington…

—A veces lo sigo haciendo.

—Pero ¿dónde sueles vivir ahora?

—Con los niños perdidos.

—¿Quiénes son?

—Son los niños que se caen de sus cochecitos cuando la niñera no está mirando. Si no los reclaman en siete días los envían lejos, a Nunca Jamás, para sufragar gastos. Yo soy el capitán.

—¡Qué divertido debe de ser!

—Sí —dijo Peter astutamente—, pero estamos bastante solos. Es que, verás, no tenemos compañía femenina.

—¿No hay ninguna chica?

—Oh, no. Las niñas, ya sabes, son demasiado listas para caerse de sus cochecitos.

Esto halagó a Wendy inmensamente.

—Pienso —dijo— que el modo en que hablas de las chicas es absolutamente encantador. John nos desprecia.

En respuesta Peter se levantó y sacó a John de la cama de una patada, con mantas y todo ¡de una sola patada! Esto le pareció a Wendy demasiado atrevido para un primer encuentro, y le dijo furiosa que él no era el capitán de esa casa. Sin embargo, John siguió durmiendo tan plácidamente en el suelo que ella le permitió que se quedara ahí.

—Y ya sé que pretendías ser amable —dijo ella, ablandándose— así que puedes darme un beso.

En ese momento se había olvidado de su ignorancia en cuanto a besos.

—Pensé que querrías recuperarlo —dijo con un poco de amargura, y se ofreció a devolverle el dedal.

—Oh, vaya —dijo la buena de Wendy—, no quería decir un beso, sino un dedal.

—¿Y eso qué es?

—Es así.

Le dio un beso.

—¡Qué gracioso! —dijo Peter con seriedad—. ¿Quieres que te de yo un dedal a ti?

—Si lo deseas —dijo Wendy, manteniendo la cabeza erguida esta vez.

Peter la "dedaleó" y casi de inmediato ella dio un chillido. —¿Qué pasa, Wendy?

—Es justo como si alguien me tirara el pelo.

—Esa debe de haber sido Campanilla. Nunca la había visto tan mala.

Y, efectivamente, Campanilla estaba revoloteando de nuevo, usando un lenguaje ofensivo.

—Dice que te hará eso, Wendy, cada vez que yo te dé un dedal.

—¿Pero por qué?

—¿Por qué, Campanilla?

De nuevo contestó Campanilla:

—Zopenco.

Peter no podía comprender el porqué, pero Wendy sí, y se quedó un poquito desilusionada cuando él admitió que venía a la ventana del dormitorio no a verla sino a escuchar historias.

—Es que yo no me sé ninguna historia. Ninguno de los niños perdidos se sabe alguna historia.

—Qué lamentable —dijo Wendy.

—¿Sabes por qué las golondrinas construyen en los aleros de las casas? —le preguntó Peter—. Es para escuchar historias. Oh, Wendy, tu madre te contó una historia tan preciosa.

—¿Qué historia era?

—La del príncipe que no podía encontrar a la dama que llevaba la zapatilla de cristal.

—Peter —dijo Wendy entusiasmada—, esa era Cenicienta, y él la encontró, y vivieron felices por siempre jamás.

Peter se puso tan contento que se levantó del suelo, donde estaban sentados, y se apresuró hacia la ventana.

—¿Adónde vas? —exclamó ella, con recelo.

—A contárselo a los otros niños.

—No te vayas, Peter —suplicó—. Me sé tantísimas historias.

Estas fueron justamente sus palabras, de modo que no podemos negar que fue ella quien le tentó primero. Volvió, y había una mirada ávida en sus ojos que debería haberla alarmado, pero no lo hizo.

—Ay, ¡la de historias que les podría contar a los niños! —exclamó, y entonces Peter la agarró y empezó a tirar de ella hacia la ventana.

—¡Déjame! —le ordenó.

—Wendy, ven conmigo y cuéntaselas a los otros niños.

Por supuesto que se sintió muy complacida de que se lo pidiera, pero dijo:

—Ay, no, no puedo. ¡Piensa en mamá y papá! Aparte, no sé volar.

—Yo te enseñaré.

—Ay, qué lindo poder volar.

—Yo te enseñaré cómo saltar sobre los lomos del viento, y luego no hay más que seguir adelante.

—¡Ooooooh! —exclamó ella extasiada.

—Wendy, Wendy, en lugar de estar durmiendo en tu estúpida cama podrías estar volando conmigo diciéndole cosas graciosas a las estrellas.

—¡Ooooooh!

—Y, Wendy, hay sirenas.

—¡Sirenas! ¿Con colas?

—Con colas larguísimas.

—Oh —exclamó Wendy—, ¡ver una sirena!

Se había vuelto terriblemente astuto.

—Wendy —dijo— todos te respetaríamos tanto.

Ella se retorcía de los nervios. Era como si estuviera intentando permanecer sobre el suelo del dormitorio. Pero él no tenía compasión.

—Wendy —dijo el muy ladino—, nos podrías arropar por la noche.

—¡Ooooooh!

—A ninguno de nosotros nos han arropado por la noche, nunca.

—Ooooooh —y se le fueron los brazos hacia él.

—Y podrías zurcirnos la ropa, y hacernos bolsillos. Ninguno de nosotros tiene bolsillos.

¿Cómo iba a resistirse?

—¡Sí que sería tremendamente fascinante! —exclamó—. Peter, ¿les enseñarías a volar a John y a Michael también?

—Si tú quieres —dijo con indiferencia, y ella corrió a John y a Michael y los sacudió.

—Despierten —gritó—, ha venido Peter Pan y nos va a enseñar a volar.

John se frotó los ojos.

—Entonces me levantaré —dijo. Claro que él estaba ya en el suelo—. Pero bueno —dijo—, ¡si *estoy* levantado!

Para entonces Michael también estaba levantado, más despierto que si le hubieran tirado un balde de agua fría, pero Peter súbitamente les hizo señas de que guardaran silencio. Sus caras mostraron la grandísima picardía que tienen los niños al estar atentos a sonidos del mundo de los adultos. El silencio era absoluto. Luego estaba todo en orden. ¡No, un momento! Todo estaba mal. Nana, que había estado ladrando con angustia toda la tarde, ahora estaba callada. Era su silencio lo que habían oído.

—¡Apaguen la luz! ¡Escóndanse! ¡Rápido! —gritó John, asumiendo el mando por única vez en toda la aventura. Y así, cuando entró Liza, sujetando a Nana, la habitación de los niños parecía la de siempre, muy oscura, y hubieras podido jurar que se oía la respiración angelical de sus tres pícaros habitantes mientras dormían. Y es que lo estaban fingiendo con mucho ingenio escondidos detrás de las cortinas de la ventana.

Liza estaba de mal humor, porque estaba preparando los budines de Navidad en la cocina, y había tenido que dejar su labor, con una pasa pegada a la mejilla, por culpa de las absurdas sospechas de Nana. Pensó que la mejor forma de tener algo de silencio era llevar a Nana a la habitación de los niños un momento, pero custodiada por supuesto.

—Mira, animal desconfiado —dijo, sin lamentar que Nana estuviera en desgracia—. Están perfectamente a salvo, ¿verdad? Cada uno de los angelitos profundamente dormido en su cama. Escucha cómo respiran lentamente.

En este momento Michael, animado por su éxito, respiró tan fuerte que casi los descubren. Nana conocía ese tipo de respiración, e intentó soltarse de las garras de Liza.

Pero Liza era burra.

—Basta ya, Nana —dijo con severidad, sacándola de la habitación—. Te lo advierto: si ladras otra vez iré directamente a buscar a los amos y los sacaré de la fiesta, y entonces verás si el amo no te da unos buenos azotes.

Volvió a atar a la infeliz perra, pero ¿creen que Nana dejó de ladrar? ¡Traer a los amos de vuelta de la fiesta! Si eso era justamente lo que quería. ¿Creen que le importaba que la azotaran siempre y cuando sus protegidos estuvieran a salvo? Por desgracia Liza volvió con sus budines, y Nana, viendo que ella no la iba a ayudar en absoluto, tiró y tiró de la cadena hasta que al final la quebró. En un momento había irrumpido en el salón del número 27 y había levantado sus patas al cielo, en su más expresivo modo de comunicarse. El señor y la señora Darling supieron inmediatamente que algo terrible estaba sucediendo a los niños, y sin despedirse de sus anfitriones corrieron a la calle.

Pero hacía ya diez minutos desde que los tres bribones estuvieron respirando tras las cortinas, y Peter Pan puede hacer mucho en diez minutos.

Volvemos a la habitación de los niños.

—Todo en orden —anunció John, emergiendo de su escondite—. Peter, ¿de verdad sabes volar?

En lugar de molestarse en contestarle Peter voló alrededor de la habitación, barriendo la repisa de la chimenea a su paso.

—¡Magnífico! —dijeron John y Michael.

—¡Encantador! —exclamó Wendy.

—Sí, soy encantador, ay, ¡soy encantador! —dijo Peter, olvidándose de sus modales otra vez.

Parecía maravillosamente sencillo, y lo intentaron primero desde el suelo y luego desde las camas, pero siempre iban hacia abajo y no hacia arriba.

—Oye, ¿cómo lo haces? —preguntó John, frotándose la rodilla. Era un niño muy práctico.

—Tan solo piensa en cosas encantadoras y maravillosas —explicó Peter— y te elevarán en el aire.

Les volvió a mostrar.

—Vas tan rápido —dijo John—, ¿no podrías hacerlo muy lentamente una vez?

Peter lo hizo tanto lenta como rápidamente.

—¡Ya lo tengo, Wendy! —gritó John, pero pronto vio que no era así. Ninguno de ellos podía volar un centímetro, aunque hasta Michael se sabía palabras de dos sílabas y Peter no distinguía la A de la Z.

Pero es que Peter había estado jugando con ellos, porque nadie puede volar a no ser que les hayan soplado polvo de hadas. Afortunadamente, como ya hemos mencionado, tenía una de las manos sucia con él, y sopló un poco sobre cada uno de ellos, con magníficos resultados.

—Ahora simplemente muevan los hombros de este modo —dijo— y déjense ir.

Todos estaban sobre sus camas, y el valiente Michael se dejó ir primero. No era su intención dejarse ir, pero lo hizo, e inmediatamente cruzó la habitación.

—¡He volado! —gritó estando aún en el aire.

John se dejó ir y se encontró con Wendy cerca del baño.

—¡Oh, encantador!

—¡Oh, estupendo!

—¡Mírenme!

—¡Mírenme!

—¡Mírenme!

No eran para nada tan elegantes como Peter, no podían evitar dar algunas patadas, pero sus cabezas rozaban el techo, y no hay casi nada que sea tan delicioso como eso. Peter le dio la mano a Wendy al principio, pero tuvo que desistir: Campanilla estaba demasiado indignada.

Iban arriba y abajo, y dando vueltas y vueltas. "Divino" fue como lo definió Wendy.

—Digo yo —exclamó John—, ¿por qué no salimos?

Por supuesto que esto era lo que Peter había estado tramando.

Michael estaba listo: quería ver cuánto tiempo tardaba en hacer un billón de kilómetros. Pero Wendy dudaba.

—¡Sirenas! —dijo Peter nuevamente.

—¡Oooooh!

—Y hay piratas.

—¡Piratas! —exclamó John, agarrando su sombrero de los domingos—. Vayámonos inmediatamente.

Era justo en este momento que el señor y la señora Darling salieron apresuradamente del número 27 con Nana. Corrieron al centro de la calle para mirar a la ventana de la habitación de los niños, y, sí, todavía estaba cerrada, pero la habitación estaba llena de luz, y lo que era aún más angustioso, podían ver en la sombra de la cortina tres pequeñas siluetas en ropa de cama dando vueltas y vueltas, no en el suelo sino por el aire.

¡No eran tres siluetas, sino cuatro!

Temblando abrieron la puerta de calle. El señor Darling hubiera subido corriendo por las escaleras, pero la señora Darling le hizo un gesto de que fuera con calma. Incluso intentó que su corazón latiera más lentamente.

¿Llegarán a la habitación de los niños a tiempo? Si es así, estupendo para ellos, y todos respiraremos aliviados, pero no habrá historia. Por otra parte, si no llegan a tiempo, prometo solemnemente que todo saldrá bien al final.

Hubieran llegado a la habitación de los niños a tiempo de no haber sido porque las estrellitas les estaban mirando. Una vez más las estrellas abrieron la ventana de un soplido, y la estrella más pequeña de todas avisó:

—¡Cuidado, Peter!

Entonces Peter supo que no había un momento que perder.

—Vengan —gritó imperiosamente, y levantó vuelo en la noche al momento, seguido de John, Michael y Wendy.

El señor y la señora Darling y Nana entraron corriendo en la habitación demasiado tarde. Los pájaros habían volado.

4

El vuelo

—LA SEGUNDA A LA DERECHA, y todo recto hasta la mañana.

Ese, le había dicho Peter a Wendy, era el camino al País de Nunca Jamás, pero incluso los pájaros, llevando mapas y consultándolos en esquinas donde sopla el viento, no lo hubieran avistado con estas instrucciones. Peter, como verán, simplemente decía cualquier cosa que se le viniera a la cabeza.

Al principio sus compañeros confiaban en él sin reservas, y tan grande era el deleite de volar que perdieron tiempo haciendo círculos alrededor de los chapiteles de las iglesias o cualquier otro objeto alto que se les pusiera por delante. John y Michael se echaban carreras, Michael con ventaja. Recordaron con desdén que hacía no tanto tiempo se habían creído habilidosos por ser capaces de revolotear por una habitación.

No hacía tanto tiempo. ¿Pero cuánto tiempo hacía? Estaban sobrevolando el mar antes de que este pensamiento empezara a molestar seriamente a Wendy. John pensó que era su segundo mar y su tercera noche.

A veces estaba oscuro y a veces había luz, y ahora tenían mucho frío y después demasiado calor. ¿Era cierto que a veces tenían hambre, o solamente lo fingían, ya que Peter tenía un modo tan divertido y nuevo de alimentarlos? Su modo era perseguir pájaros que llevaran comida apta para humanos en la boca y robársela: luego los pájaros le seguían y se la robaban de vuelta. Podían irse persiguiéndose mutuamente con alegría durante kilómetros, separándose al final con mutuas expresiones de buena voluntad. Pero Wendy notó con algo de preocupación que Peter no parecía darse cuenta de que este era un modo bastante poco común de obtener pan y mantequilla, ni tampoco considerar que hubiera otros modos.

Ciertamente no se estaban inventando el tener sueño: tenían sueño, y eso era un peligro, porque en el momento en que se dormían, se caían. Lo horrendo es que a Peter esto le parecía divertido.

—¡Ahí se va de nuevo! —exclamaba alegremente, al ver a Michael de pronto cayendo como una piedra.

—¡Sálvale, sálvale! —exclamó Wendy, mirando con horror el cruel mar mucho más abajo.

Finalmente Peter bajaba en picado y atrapaba a Michael justo antes de que golpeara el mar, y era maravilloso el modo en que lo hacía, pero siempre esperaba hasta el último momento, y uno sentía que era su habilidad lo que le interesaba y no salvar una vida humana. También le gustaba la variedad, y el entretenimiento que le absorbía un momento de pronto podía dejar de interesarle, así que siempre cabía la posibilidad de que la siguiente vez que se cayeran les dejara ir. Él podía dormir en el aire sin caerse, poniéndose simplemente de espaldas y flotando, pero esto era, al menos en parte, porque era tan ligero que si se ponían detrás de él y soplaban iba más deprisa.

—Sean más amables con él —le susurró Wendy a John cuando estaban jugando a *Sigan al Rey*.

—Dile que deje de presumir —dijo John.

Al jugar a *Sigan al Rey*, Peter volaba cerca del agua y tocaba las colas de todos los tiburones al pasar, igual que en la calle puedes ir pasando el dedo a lo largo de una verja de hierro. No podían seguirle en esto con demasiado éxito, así que tal vez era algo así como presumir, especialmente al estar él mirando hacia atrás para ver cuántas colas se les habían escapado.

—Tienen que ser buenos con él —recalcó Wendy a sus hermanos—. ¡Qué haríamos si nos dejara!

—Podríamos volver —dijo Michael.

—¿Cómo haríamos para encontrar el camino de vuelta sin él?

—Bien, entonces podríamos seguir —dijo John.

—Eso es lo tremendo, John. Tendríamos que seguir, porque no sabemos cómo parar.

Esto era cierto. Peter se había olvidado de mostrarles cómo parar. John dijo que en el peor de los casos, todo lo que tenían que hacer era seguir en línea recta, porque el mundo es redondo, así que al final terminarían volviendo a su propia ventana.

—¿Y quién nos buscaría comida, John?

—Birlé un cachito del pico de esa águila con bastante habilidad, Wendy.

—Después del vigésimo intento —le recordó Wendy—. Y aunque adquiriéramos habilidad en recoger comida, miren cómo nos chocamos contra nubes y cosas si él no está cerca para echarnos una mano.

Era cierto que estaban chocándose constantemente. Ahora podían volar con fuerza, aunque todavía daban demasiadas patadas, pero si veían un nube en frente, cuanto más intentaban evitarla, más ciertamente se chocaban con ella. Si Nana hubiera estado con ellos, a estas alturas ya le hubiera vendado la frente a Michael.

Peter no estaba con ellos en ese momento, y se sentían bastante solos ahí arriba por su cuenta. Podía ir tanto más rápido que ellos que de pronto salía disparado y lo perdían de vista: se iba a tener alguna aventura en la que ellos no podían participar. Volvía luego riéndose de algo terriblemente divertido que le había contado a una estrella, pero ya se había olvidado de lo que era, o aparecía con escamas de sirena todavía pegadas a él, sin poder decir de cierto lo que había pasado. Era verdaderamente irritante para niños que nunca habían visto a una sirena.

—Y si las olvida tan deprisa —arguyó Wendy—, ¿cómo podemos esperar que siga recordándonos a nosotros?

Ciertamente, a veces cuando volvía no se acordaba de ellos, al menos no muy bien. Wendy estaba segura de ello. Vio en sus ojos cómo la reconocía cuando estaba a punto de pararse a charlar un momento para luego seguir, una vez incluso tuvo que decirle cómo se llamaba.

—Soy Wendy —dijo agitadamente.

Él dijo que lo sentía mucho.

—Hagamos así, Wendy —le susurró—: siempre que veas que me olvido de ti, repite "Soy Wendy" una y otra vez y entonces me acordaré.

Por supuesto que esto era bastante poco satisfactorio. Sin embargo, para intentar compensarles les mostró cómo acostarse sobre un fuerte viento que iba en su dirección, y esto fue un cambio tan placentero que lo intentaron varias veces y vieron que así podían dormir con seguridad. Sí que hubieran dormido más, pero Peter enseguida se cansaba de dormir y pronto exclamaba con su voz de capitán: —Nos vamos de aquí. —Así que con riñas ocasionales, pero en general divirtiéndose enormemente, se fueron acercando al País de Nunca Jamás, y llegaron después de muchas lunas, y, lo que es más, habían estado yendo bastante recto todo el tiempo, no tanto por la guía de Peter o Campanilla como porque la isla estaba buscándoles. Ese es el único modo en que uno puede avistar esas mágicas costas.

—Ahí está —dijo Peter con calma.

—¿Dónde, dónde?

—Donde señalan todas las flechas.

Y es que había un millón de flechas doradas señalándoles la isla a los niños, todas dirigidas por su amigo el sol, quien quería que estuvieran seguros del camino antes de dejarles por la noche.

Wendy, John y Michael estaban de puntillas en el aire para echarle su primera mirada a la isla. Aunque resulte extraño, todos la reconocieron al momento, y hasta que les invadió el miedo la saludaron, no como a algo largamente soñado y finalmente visto, sino como a un buen amigo con quien estaban volviendo para pasar las vacaciones.

—John, ahí está la laguna.

—Wendy, mira las tortugas enterrando sus huevos en la arena.

—Fíjate, John, ¡veo a tu flamenco con la pata rota!

—Mira, Michael, ¡ahí está tu cueva!

—John, ¿qué es eso entre la maleza?

—Es una loba con sus cachorros. Wendy, ¡creo que es tu cachorrito!

—¡Ahí está mi barco, John, con los costados rotos!

—No, no lo es. Pero si habíamos quemado tu barco.

—Es mi barco, seguro. Escucha, John, ¡veo el humo del campamento de los pieles rojas!

—¿Dónde? Muéstramelo, y te diré por la forma del humo si están en pie de guerra.

—Ahí, justo del otro lado del Río Misterioso.

—Ya lo veo. Sí que están en pie de guerra.

Peter estaba un poco enojado con ellos por saber tanto, pero si quería tratarles con prepotencia pronto iba a poder hacerlo, ¿pues no les he contado que el miedo cayó sobre ellos sin tardanza?

Vino al irse las flechas, dejando la isla en la penumbra.

En los viejos tiempos, en casa, el País de Nunca Jamás siempre había empezado a parecer oscuro y amenazador a la hora de irse a la cama. Era entonces que surgían sectores sin explorar y se expandían, había sombras negras paseándose por ellos, el rugido de las bestias de presa era totalmente diferente ahora, y ante todo, perdías la certeza de que ibas a ganar. Te sentías muy feliz de que estuvieran encendidas las lamparillas nocturnas. Incluso te gustaba que Nana dijera que aquello era solamente la repisa de la chimenea y que el País de Nunca Jamás era solamente una fantasía.

Por supuesto que el País de Nunca Jamás había sido una fantasía en aquellos días, pero ahora era real, y no había lamparillas nocturnas, y se estaba poniendo cada vez más oscuro, ¿y dónde estaba Nana?

Habían estado volando por separado, pero ahora se arrimaron a Peter. Su comportamiento despreocupado había desaparecido por fin, sus ojos brillaban, y sentían un cosquilleo cada vez que tocaban su cuerpo. Ahora estaban sobre la aterradora isla, volando tan bajo que a veces un árbol les rozaba los pies. No se veía nada horrible en el aire, y sin embargo su avance se había vuelto lento y laborioso, exactamente como si estuvieran abriéndose camino a través de fuerzas hostiles. A veces se quedaban suspendidos en el aire hasta que Peter los liberaba golpeando con los puños.

—No quieren que aterricemos —explicó.

—¿Quiénes son? —susurró Wendy, estremeciéndose.

Pero él no quería o no podía decirlo. Campanilla había estado durmiendo en su hombro, pero ahora la despertó y la envió por delante.

A veces se paraba alerta en el aire, escuchando atentamente, con su mano sobre la oreja, y luego volvía a mirarles con ojos tan brillantes que parecía que iban a hacer dos agujeros en la tierra. Habiendo hecho estas cosas, seguía adelante.

Su coraje era casi atroz.

—¿Quieres una aventura ahora —le dijo de pasada a John— o preferirías tomar el té primero?

Wendy dijo "tomar el té primero" rápidamente, y Michael le apretó la mano agradecido, pero John, más valiente, titubeó.

—¿Qué tipo de aventura? —preguntó con cautela.

—Hay un pirata durmiendo en las pampas justo debajo de nosotros —le dijo Peter—. Si quieres, bajamos y le matamos.

—No le veo —dijo John después de una larga pausa.

—Yo sí.

—Supongamos —dijo John con voz algo ronca— que se despierta. Peter habló indignado. —¡No pensarás que le mataría mientras está durmiendo! Primero le despertaría y luego le mataría. Así es como lo hago siempre.

—¡Caramba! ¿Matas a muchos?

—A montones.

John dijo "Estupendo" pero decidió tomar el té primero. Preguntó si había muchos piratas en la isla en estos momentos, y Peter dijo que nunca había visto a tantos.

—¿Quién es el capitán ahora?

—Garfio —contestó Peter, y su mirada se puso muy dura al pronunciar esa odiada palabra.

—¿James Garfio?

—Sí.

Ahí sí que Michael se puso a llorar, e incluso John sólo podía hablar tragando saliva, porque conocían la reputación de Garfio.

—Era el contramaestre de Barbanegra —susurró John con voz ronca—. Es el peor de todos. El único hombre a quien Barbacoa tenía miedo.

—Ése es él —dijo Peter.

—¿Cómo es? ¿Es grande?

—No es tan grande como era.

—¿A qué te refieres?

—Le corté un trocito.

—¡Tú!

—Sí, yo —dijo Peter bruscamente.

—No era mi intención faltarte al respeto.

—No pasa nada.

—Pero, dinos, ¿qué trocito?

—La mano derecha.

—¿Entonces ahora no puede pelear?

—¡Oh, sí que puede!

—¿Es zurdo?

—Tiene un garfio de hierro en lugar de mano derecha, y desgarra con él.

—¡Desgarra!

—Eso he dicho, John —dijo Peter.

—Sí.

—Di "Sí, mi capitán".

—Sí, mi capitán.

—Hay algo —continuó Peter— que todo niño que está a mis órdenes debe prometer, y tu también.

John palideció.

—Es esto: si nos encontramos con Garfio en combate, me lo tienes que dejar a mí.

—Lo prometo —dijo John con lealtad.

Por el momento la sensación era menos inquietante, porque Campanilla estaba volando con ellos y a su luz se podían distinguir mutuamente. Por desgracia ella no podía volar tan lento como ellos, de modo que tenía que ir dando vueltas en círculo a su alrededor: se movían como en un halo. A Wendy le gustaba, hasta que Peter señaló el inconveniente.

—Me está diciendo —dijo— que los piratas nos avistaron antes de que cayera la oscuridad, y sacaron a Tom el Largo.

—¿El cañón grande?

—Sí. Y por supuesto que deben de ver su luz, y si adivinan que estamos cerca de ella seguro que abren fuego.

—¡Wendy!

—¡John!

—¡Michael!

—¡Dile que se vaya de inmediato, Peter! —gritaron los tres simultáneamente, pero él se negó.

—Ella piensa que nos hemos perdido —replicó fríamente— y está bastante asustada. ¡No pensarán que la mandaría a que siguiera sola cuando está asustada!

Por un momento se quebró el círculo de luz y algo le dio a Peter un cariñoso pellizquito.

—Entonces dile —suplicó Wendy— que apague su luz.

—No la puede apagar. Es la única cosa que un hada no puede hacer. Tan solo se apaga por sí sola cuando se queda dormida, igual que las estrellas.

—Entonces dile que se duerma inmediatamente —John casi ordenó.

—No puede dormir excepto cuando tiene sueño. Es la única *otra* cosa que las hadas no pueden hacer.

—A mí me parece —gruñó John— que estas son las dos únicas cosas que vale la pena que haga.

Aquí recibió un pellizco, pero no cariñoso.

—Si tan solo uno de nosotros tuviera un bolsillo —dijo Peter— la podríamos llevar en él.

Sin embargo, se habían marchado con tanta prisa que no había un solo bolsillo entre los cuatro.

Tuvo una feliz idea. ¡El sombrero de John!

Campanilla aceptó viajar dentro del sombrero si lo llevaban en la mano. John lo llevó, aunque ella había tenido la esperanza de que la llevara Peter. Pronto fue Wendy quien llevó el sombrero, porque John dijo que le golpeaba la rodilla al volar, y esto, como veremos, dio problemas, porque Campanilla odiaba deberle un favor a Wendy.

En el sombrero de copa negro la luz quedaba completamente oculta, y siguieron volando en silencio. Era el silencio más absoluto que habían escuchado nunca, interrumpido en una ocasión por unos lejanos lengüetazos, que según explicó Peter eran las bestias salvajes bebiendo en el vado, y otra vez por un sonido áspero que podrían haber sido las ramas de los árboles frotándose unas con otras, pero él dijo que eran los indios afilando sus cuchillos.

Incluso estos ruidos cesaron. Para Michael la soledad era terrible.

—¡Si tan solo algo hiciera un sonido! —exclamó.

Como si fuera en respuesta a su petición, el aire se desgarró con el más tremendo estrépito que hubiera oído nunca. Los piratas habían disparado a Tom el Largo hacia ellos. Su rugido resonó por las montañas, y los ecos parecían gritar salvajemente "¿Dónde están, dónde están, dónde están?".

Así, repentinamente, comprendieron estos aterrorizados tres la diferencia entre una isla de fantasía y la misma isla hecha realidad. Cuando finalmente los cielos se hubieron estabilizado, John y Michael se encontraron solos en la oscuridad. John estaba caminando en el aire mecánicamente, y Michael, que no sabía flotar, estaba flotando.

—¿Estás herido? —John susurró trémulo.

—Todavía no me he fijado —le contestó Michael en susurros.

Ahora sabemos que no le habían dado a ninguno. Peter, sin embargo, había sido llevado por el viento del disparo muy lejos, hacia el mar, mientras que Wendy había volado hacia arriba sin ninguna compañía salvo la de Campanilla.

Hubiera sido bueno para Wendy si en ese momento hubiera dejado caer el sombrero.

No sé si la idea se le ocurrió a Campanilla súbitamente o si la había estado planificando por el camino, pero al momento salió del sombrero y empezó a atraer a Wendy a su destrucción.

Campanilla no era totalmente mala, o mejor dicho, era totalmente mala en este momento, pero por otra parte, a veces era totalmente buena. Las hadas tienen que ser una cosa o la otra, porque siendo tan pequeñas desafortunadamente solo les cabe un sentimiento por vez. Sin embargo se les permite cambiar, solo que tiene que ser un cambio completo. En este momento estaba llena de celos hacia Wendy. Claro está que Wendy no pudo entender lo que dijo con su precioso campanilleo, y creo que en parte eran malas palabras, pero sonó amable, y voló hacia atrás y hacia delante, dando claramente a entender "Sígueme, y todo saldrá bien".

¿Qué otra cosa podía hacer la pobre Wendy? Llamó a Peter y a John y a Michael, y tan solo le contestaron ecos burlones. Ella no sabía que Campanilla la odiaba con el odio feroz de una auténtica mujer. Y así, desconcertada, y ahora volando tambaleante, siguió a Campanilla a su perdición.

5

La isla hecha realidad

SINTIENDO QUE PETER ESTABA DE REGRESO, el País de Nunca Jamás revivió nuevamente. Deberíamos usar el pluscuamperfecto y decir había revivido, pero revivió es mejor y era lo que siempre usaba Peter.

En su ausencia las cosas suelen estar tranquilas en la isla. Las hadas tardan una hora más por las mañanas, las bestias cuidan de sus crías, los pieles rojas comen abundantemente durante seis días con sus noches, y cuando los piratas y los niños perdidos se encuentran se limitan a sacarse la lengua. Pero con la llegada de Peter, que odia el letargo, están en marcha de nuevo: si pusieran la oreja contra el suelo ahora, oirían a toda la isla bullendo de vida.

Esta tarde las principales fuerzas de la isla estaban dispuestas del modo siguiente: los niños perdidos habían salido a buscar a Peter, los piratas habían salido a buscar a los niños perdidos, los pieles rojas habían salido a buscar a los piratas, y las bestias habían salido a buscar a los pieles rojas. Estaban dando vueltas y más vueltas alrededor de la isla, pero no se encontraban porque todos iban a la misma velocidad.

Todos querían sangre menos los niños, a los que por lo general les gustaba, pero esta noche habían salido a darle la bienvenida a su capitán. Los niños de la isla varían, claro está, en cantidad, según los maten y eso, y cuando parecía que estaban creciendo, lo cual va contra las normas, Peter los reducía, pero en este momento había seis, contando a los Gemelos como dos. Finjamos que estamos descansando entre las cañas de azúcar y mirémosles pasar sigilosamente en fila india, cada uno con la mano sobre su daga.

Peter les prohíbe que se parezcan a él en lo más mínimo, y llevan las pieles de los osos que ellos mismos han matado, con las que quedan tan redondos y peludos que cuando se caen salen rodando. Por eso que han aprendido a ir con el paso muy firme.

El primero en pasar es Lelo, que no es el menos valiente pero sí el más desafortunado de toda esa aguerrida banda. Había participado en menos aventuras que ninguno de ellos, porque las cosas grandes siempre pasaban justo cuando él acababa de dar la vuelta a la esquina. Todo estaba tranquilo, y él aprovechaba a irse a buscar algunas ramas para leña, y cuando volvía los otros estaban limpiando la sangre. Esta mala suerte le había dado algo de melancolía a su semblante, pero en lugar de amargar su carácter lo había endulzado, de modo que era el más humilde de los niños. Pobre, el bueno de Lelo, esta noche hay peligro en el aire para ti. Ten cuidado no se te vaya a ofrecer una aventura, que, si la aceptas, te lanzará a la más profunda aflicción. Lelo, el hada Campanilla, que está dispuesta a hacer diabluras esta noche, está buscando una herramienta, y piensa que tú eres el más fácil de engatusar de todos los niños. ¡Cuidado con Campanill!

Ojalá nos oyera, pero no estamos en realidad en la isla, y pasa de largo, mordiéndose los nudillos.

Le sigue Avispado, alegre y elegante, seguido de Menudo, que fabrica silbatos de madera y danza extasiado al son de sus propias melodías. Menudo es el más engreído de los niños. Se cree que recuerda los días antes de estar perdido, con sus modales y costumbres, y esto ha dado a su nariz una inclinación ofensiva. Rizos es el cuarto: es un pillo, y se ha tenido que entregar tantas veces cuando Peter decía seriamente "El que haya hecho esto que dé un paso al frente" que ahora ante la orden da un paso al frente automáticamente, lo haya hecho o no. Finalmente están los Gemelos, que no pueden ser descritos porque seguro que estaríamos describiendo al que no es. Peter nunca estuvo del todo seguro de qué cosa eran gemelos, y a su banda no se les permitía saber nada que él no supiera, de modo que estos dos nunca eran muy claros respecto a sí mismos, y hacían lo que podían para no molestar manteniéndose juntos, como pidiendo disculpas.

Los niños se pierden en la penumbra, y después de una pausa, pero no de una pausa larga, porque las cosas suceden con mucho dinamismo en la isla, llegan los piratas siguiéndoles la pista. Los oímos antes de verlos, y siempre vienen con la misma atroz canción:

> *Jalad, amarrad, venga ya,*
> *Juntos pirateemos*
> *Y si nos pegan un tiro*
> *¡Abajo nos vemos!*

Nunca colgó en hilera en el Muelle de las Ejecuciones[1] un grupo con más pinta de villanos. Aquí, llevando un poco de delantera, siempre poniendo la cabeza sobre la tierra para escuchar, con sus grandes brazos desnudos, con monedas de cobre en las orejas como ornamento, está el guapo italiano Cecco, que grabó su nombre con letras de sangre en la espalda del gobernador de la prisión en Gao. Ese negro gigantesco detrás de él ha tenido muchos nombres desde que dejó el que todavía usan las madres morenas de las costas de Guadjo-mo para aterrorizar a sus niños. Aquí está Bill Jukes, tatuado hasta el último centímetro, el mismo Bill Jukes a quien Flint diera seis docenas de latigazos en el buque *Walrus* antes de que soltara la bolsa de moidores[2] de oro; y Cookson, de quien se decía que era hermano de Murphy el Negro (pero esto nunca fue demostrado), y el Caballero Starkey, una vez ujier en un colegio privado y todavía refinado en sus modos de matar; y Claraboyas (Claraboyas de Morgan); y el contramaestre irlandés Smee, un hombre extrañamente amistoso que apuñalaba, por así decirlo, sin ofender, y era el único inconformista[3] de la tripulación de Garfio, y Noodler, cuyas manos estaban colocadas al revés, y Robert Mullins y Alf Mason y muchos otros rufianes largamente conocidos y temidos en la cuenca del Caribe.

En medio de ellos, el más negro y grande de ese oscuro grupo, iba reclinado James Garfio[4], o como él mismo escribía, Jas. Garfio, de quien se dice que es el único hombre a quien temía el Cocinero del Mar[5].

---

[1] Muelle en Inglaterra donde ahorcaban a los marinos criminales.

[2] *Moidore*: antigua moneda de oro portuguesa.

[3] Denominaban "nonconformist" o inconformista a los protestantes que no pertenecían a la Iglesia Anglicana, la oficial en Inglaterra.

[4] En inglés se llama James Hook, pero hemos optado por mantener la tradición de llamarle Garfio, que es la traducción de su nombre y como se le conoce normalmente en castellano.

[5] *El Cocinero del Mar*, o *Barbacoa* a quien se hizo referencia antes, es Long John Silver, de la novela *La Isla del Tesoro*, de Robert Louis Stevenson.

Iba cómodamente acostado en un tosco carro tirado y empujado por sus hombres, y en lugar de mano derecha tenía un garfio de hierro con el que les iba instando a acelerar el paso. Como a perros les trataba y se dirigía a ellos este hombre terrible, y como perros le obedecían. Su aspecto era cadavérico y cetrino, y llevaba el cabello en largos rizos, que mirándolos desde cierta distancia se asemejaban a velas negras, y le daban una expresión singularmente amenazadora a su bien parecido semblante. Sus ojos eran del azul de los nomeolvides, y de una profunda melancolía, exceptuando cuando te estaba clavando el garfio, momento en el que aparecían en ellos dos manchas rojas que los encendían de un modo horrible. En sus modales, todavía le quedaba algo de gran señorío, así que incluso si te destrozaba lo hacía con elegancia, y he oído que tenía reputación de ser un gran *raconteur*. Nunca resultaba más siniestro que cuando se comportaba con la mayor cortesía, lo cual es probablemente la mejor prueba de buena educación, y la elegancia de su dicción, incluso cuando estaba diciendo palabrotas, junto con la distinción de su porte, mostraban que no era de la misma clase que su tripulación. Hombre de indómito coraje, se decía de él que lo único que le asustaba era ver su propia sangre, que era espesa y de un color inusual. En el vestir imitaba un tanto el atuendo asociado con el nombre de Carlos II, habiendo oído decir en algún período temprano de su carrera que tenía un extraño parecido con los malhadados Estuardo, y en su boca tenía una boquilla de su propia invención que le permitía fumar dos cigarros al mismo tiempo. Pero sin lugar a dudas lo más macabro de él era su garra de hierro.

Matemos ahora a un pirata, para mostrar el método de Garfio. Claraboyas servirá. Al pasar, Claraboyas se tambalea torpemente contra él, arrugando su cuello de encaje: el garfio se pone en acción, hay un sonido rasgante y un alarido, luego el cuerpo es apartado de una patada, y los piratas siguen su camino. Ni siquiera se ha sacado los cigarros de la boca.

Tal es el terrible hombre contra quien Peter Pan se está enfrentado. ¿Quién ganará?

Siguiendo el rastro de los piratas, andando sigilosamente en pie de guerra, de modo invisible para ojos inexpertos, venían los pieles rojas, cada uno de ellos con la mirada alerta. Llevan tomahawks y cuchillos, y sus cuerpos desnudos brillan con pintura y aceite. Llevan colgando cabelleras, de niños así como de piratas, porque esta es la tribu Piccaninny, que no hay que confundir con los más compasivos Delawares o los Hurones. A la vanguardia, y a cuatro patas está Gran Pantera Pequeña, un valiente con tantas cabelleras que en esta posición dificultan un poco su avance. Cerrando la marcha, en el lugar de mayor peligro, está Tigrilla, orgullosamente erguida, una princesa por derecho propio. Es la más hermosa de las oscuras Dianas y la bella de los Piccaninnis, coqueta, fría y amorosa por turnos: no hay un valiente que no desee por esposa a esta caprichosa, pero ella evita el altar con un hacha. Observen cómo pasan sobre ramitas caídas sin hacer el más mínimo ruido. Lo único que se llega a escuchar es su respiración, algo pesada. El hecho es que están todos un poquito gordos en este momento, después de tanto atiborrarse, pero lo irán bajando. Por el momento, sin embargo, esto constituye su principal peligro.

Los indios desaparecen como han venido, como sombras, y pronto ocupan su lugar las bestias, una procesión grande y variopinta: leones, tigres, osos y los innumerables bichos salvajes más pequeños que huyen de ellos, porque todo tipo de bestia, y más en particular, todos los comedores de hombres, viven unos junto a los otros en esta isla favorecida. Les cuelgan las lenguas: tienen hambre esta noche.

Cuando han pasado llega la última figura de todos, un gigantesco cocodrilo. En seguida veremos a quién está buscando.

El cocodrilo pasa, pero pronto vuelven a aparecer los niños, porque la procesión deberá continuar indefinidamente hasta que una de las partes se detenga o cambie el ritmo. Entonces caerán rápidamente unos sobre los otros.

Todos están sumamente atentos al frente, pero ninguno sospecha que el peligro pueda venir a hurtadillas desde atrás. Esto muestra cuán real era la isla.

Los primeros en salirse del círculo en movimiento fueron los niños. Se dejaron caer sobre el césped, cerca de su hogar subterráneo.

—Ojalá volviera Peter —dijo uno de ellos nerviosamente, aunque todos eran más grandes que su capitán en altura y aún más a lo ancho.

—Yo soy el único que no tiene miedo de los piratas —dijo Menudo, en un tono que le impedía ser el favorito de todos, pero tal vez le molestó algún sonido distante, pues agregó rápidamente— pero desearía que volviera, y nos contara si ha sabido algo más de Cenicienta.

Hablaron de Cenicienta, y Lelo estaba seguro de que su madre debía de haber sido muy parecida a ella. Era solo en ausencia de Peter que podían hablar de madres, siendo un tema prohibido por él por considerarlo tonto.

—Todo lo que recuerdo de mi madre —les contó Avispado— es que a menudo le decía a mi padre "Ay, ¡cuánto desearía tener mi propia chequera!". No sé lo que es una chequera, pero me encantaría darle una a mi madre.

Mientras hablaban oyeron un sonido distante. Ustedes o yo, que no somos criaturas salvajes de los bosques, no hubiéramos oído nada, pero ellos lo oyeron, y era la siniestra canción:

> ¡Viva la vida pirata!
> Tibia y calavera
> Blanco sobre fondo negro
> Son nuestra bandera.

En el acto los niños perdidos... ¿pero dónde están? Ya no están aquí. Unos conejos no hubieran desaparecido más rápidamente.

Les contaré dónde están. A excepción de Avispado, que salió zumbando a hacer un reconocimiento del terreno, ya están en su hogar bajo tierra, una residencia muy acogedora de la que vamos a ver mucho dentro de poco. ¿Pero cómo han llegado a ella? Porque no se ve ninguna entrada, ni siquiera una piedra grande que al apartarla descubra la entrada de una cueva. Miren de cerca, sin embargo, y notarán que hay siete grandes árboles, cada uno con un agujero en su tronco hueco, tan grande como un niño. Estas son las siete entradas al hogar bajo tierra, que Garfio ha estado buscando en vano durante todas estas lunas. ¿Las encontrará esta noche?

A medida que avanzaban los piratas, los rápidos ojos de Starkey vislumbraron a Avispado que desaparecía por el bosque, y al momento centelleó su pistola. Pero una garra de hierro le atenazó el hombro.

—¡Capitán, suélteme! —exclamó, retorciéndose.

Ahora escuchamos por primera vez la voz de Garfio. Era una voz negra. —Primero guarda esa pistola —dijo amenazadoramente.

—Era uno de esos niños a los que usted odia. Lo podría haber matado.

—Sí, y el ruido nos habría tirado encima a los indios de Tigrilla. ¿Quieres perder la cabellera?

—¿Voy tras él, Capitán —preguntó el patético Smee— y le hago cosquillas con Johnny Sacacorchos?

Smee le ponía nombres agradables a todo, y su alfanje era Johnny Sacacorchos, porque lo hacía girar en la herida. Se podrían mencionar muchos rasgos adorables en Smee. Por ejemplo, después de matar, se limpiaba las gafas en lugar del arma.

—Johnny es un compadre silencioso —le recordó a Garfio.

—Ahora no, Smee —dijo Garfio sombrío—. Solo es uno, y quiero lastimar a los siete. Dispérsense y búsquenlos.

Los piratas desaparecieron entre los árboles, y en un momento su Capitán y Smee quedaron solos. Garfio soltó un pesado suspiro, y no sé por qué sería, tal vez por la suave belleza de la tarde, pero le sobrevino un deseo de confiar a su fiel contramaestre la historia de su vida. Habló largo y tendido, pero Smee no se enteró de qué estaba hablando, ya que era bastante estúpido.

En seguida escuchó el nombre de Peter.

—Más que nada —estaba diciendo Garfio con pasión— quiero a su capitán, a Peter Pan. Fue él quien me cortó el brazo. —Blandió el garfio amenazadoramente—. He esperado mucho para estrecharle la mano con esto. Ah, ¡lo haré pedazos!

—Y sin embargo —dijo Smee— a menudo le he oído decir a usted que ese garfio valía lo que una veintena de manos, para peinarse el pelo y otros usos domésticos.

—Sí —contestó el capitán—, si yo fuera madre rezaría para que mis hijos nacieran con esto en lugar de aquello —y le echó una mirada de orgullo a su mano de hierro y una de desprecio a la otra. Luego volvió a fruncir el ceño.

—Peter le tiró mi brazo —dijo, estremeciéndose— a un cocodrilo que había por allí.

—Con frecuencia —dijo Smee—, me he percatado de su extraño temor por los cocodrilos.

—No por los cocodrilos —le corrigió Garfio—, sino por ese cocodrilo. —Bajó la voz—. Le gustó tanto mi brazo, Smee, que me viene siguiendo desde entonces, de mar en mar y de tierra en tierra, relamiéndose por el resto de mí.

—En cierto modo —dijo Smee— es como un cumplido.

—No quiero cumplidos de ese tipo —ladró Garfio con petulancia—. Quiero a Peter Pan, que fue quien hizo que yo le gustara a esa bestia.

Se sentó sobre una gran seta, y ahora había temblor en su voz.

—Smee —dijo con voz ronca—, a estas alturas ese cocodrilo ya me habría comido, pero por una afortunada casualidad se tragó un reloj que va haciendo *tic tac* dentro de él, y así antes de que me atrape puedo escuchar el *tic tac* y salir corriendo.

Se rió, pero sardónicamente.

—Algún día —dijo Smee— el reloj se parará y entonces le atrapará.

Garfio se humedeció los labios resecos.

—Sí —dijo—, ese es el temor que me acosa.

Desde que se había sentado sentía un curioso calor.

—Smee —dijo—, este asiento está caliente. —Se puso en pie de un salto—. Por todos los diablos, ¡me estoy quemando!

Examinaron la seta, que era de un tamaño y solidez desconocidos en tierra firme, intentaron arrancarla y la tuvieron al momento en sus manos, porque no tenía raíz. Aún más extraño: en seguida empezó a salir humo. Los piratas se miraron.

—¡Una chimenea! —exclamaron al unísono.

Ciertamente habían descubierto la chimenea del hogar bajo tierra. Era costumbre de los niños taparla con una seta cuando había enemigos en el vecindario.

No solo salía humo de ella. También salían las voces de los niños, porque se sentían tan seguros en su escondite que estaban charlando muy animadamente. Los piratas escucharon con gravedad, y volvieron a colocar la seta en su lugar. Miraron a su alrededor y notaron los agujeros en los siete árboles.

—¿Les ha oído decir que Peter Pan no está en casa? —susurró Smee, jugueteando con Johnny Sacacorchos.

Garfio asintió. Estuvo durante largo tiempo perdido en sus pensamientos, y finalmente una sonrisa helada iluminó su cara morena. Smee la había estado esperando.

—¡Cuénteme el plan, Capitán! —exclamó ansiosamente.

—Volveremos a la nave —replicó Garfio lentamente entre los dientes— y haremos un grandioso pastel deliciosamente cremoso con azúcar verde por encima. Sólo puede haber una habitación ahí abajo, porque sólo hay una chimenea. Los estúpidos topos no tuvieron el sentido común de ver que no necesitaban una puerta por cabeza. Eso demuestra que no tienen madre. Dejaremos el pastel en la costa de la Laguna de las Sirenas. Estos niños están siempre nadando por ahí, jugando con las sirenas. Encontrarán el pastel y se lo zamparán, porque, al no tener madre, no saben lo peligroso que es comerse un bizcocho cremoso y húmedo. —Se echó a reír, ahora no una risa sardónica sino una risa sincera—. ¡Ja ja ja, se morirán!

Smee había escuchado con creciente admiración.

—¡Es el plan más malvado y hermoso que jamás he oído! —exclamó, y en su exultación bailaron y cantaron:

> *Fíjense, cuando venimos*
> *Se mueren de miedo.*
> *Lo único que pueden es*
> *Morir con denuedo.*

Empezaron el verso pero nunca lo terminaron, porque apareció otro sonido que les hizo callar. Primero era un ruidito tan pequeño que una hoja que hubiera caído lo habría silenciado, pero al acercarse se volvió más definido.

Tic, tac, ¡tic, tac!

Garfio se quedó estremeciéndose, con un pie en el aire.

—¡El cocodrilo! —exclamó con un grito ahogado, y salió huyendo, seguido por su contramaestre.

Sí, era el cocodrilo. Había adelantado a los pieles rojas, que ahora estaban siguiéndoles la pista a los otros piratas. Se fue deslizando tras de Garfio.

Una vez más los niños emergieron de su escondite, pero los peligros de la noche todavía no habían pasado, porque inmediatamente Avispado llegó corriendo sin aliento, perseguido por una manada de lobos. Las lenguas de sus perseguidores estaban colgando, sus aullidos eran horribles.

—¡Sálvenme, sálvenme! —gritó Avispado, cayendo a tierra.

—¿Pero qué podemos hacer, qué podemos hacer?

Era un gran cumplido para Peter que en aquel espantoso momento sus pensamientos se dirigieran a él.

—¿Qué haría Peter? —exclamaron simultáneamente.

Casi con la misma respiración agregaron:

—Peter los miraría a través de las piernas.

Y luego:

—Hagamos lo que Peter haría.

Es el modo más exitoso de derrotar a los lobos, y como si fueran uno solo se inclinaron y metieron la cabeza entre las piernas. El siguiente momento es muy largo, pero la victoria vino rápidamente, porque al avanzar los niños contra ellos en esta terrible posición, los lobos dejaron caer sus colas y huyeron.

Ahora Avispado se levantó del suelo y los otros pensaron que sus ojos, desmesuradamente abiertos, todavía veían a los lobos. Pero no eran lobos lo que veía.

—He visto una cosa "maravillosísima" —exclamó, y los otros se juntaron alrededor suyo con impaciencia—. Un gran pájaro blanco. Está volando hacia aquí.

—¿Qué tipo de pájaro te parece que es?

—No lo sé —dijo Avispado, atemorizado— pero parece tan cansado, y mientras vuela dice gimiendo "Pobre Wendy".

—¿Pobre Wendy?

—Recuerdo —dijo Menudo al instante— que hay pájaros llamados Wendis.

—¡Mirad, ahí viene! —gritó Rizos, señalando a Wendy en el cielo.

Wendy estaba ahora casi encima de ellos, y podían oír su lastimero grito. Pero les llegó con más nitidez la voz estridente de Campanilla. La celosa hada había abandonado ahora todo disfraz de amistad, y estaba lanzándose contra su víctima desde todas direcciones, pellizcándola salvajemente cada vez que la tocaba.

—Hola, Campanilla —exclamaron los asombrados niños.

La respuesta de Campanilla resonó:

—Peter quiere que maten a la Wendy.

No estaba en su carácter cuestionar cuando Peter ordenaba algo.

—¡Hagamos lo que Peter desea! —exclamaron los simples niños—. ¡Rápido, arcos y flechas!

Todos salvo Lelo saltaron dentro de sus árboles. Él tenía un arco y flecha consigo, y Campanilla lo notó, y se frotó sus pequeñas manos.

—Rápido, Lelo, rápido —gritó—. Peter se sentirá tan complacido.

Lelo, con excitación, colocó una flecha en su arco.

—Sal de en medio, Campanilla —exclamó, y luego disparó, y Wendy cayó a tierra revoloteando con una flecha en el pecho.

6

La casita

EL TONTO DE LELO se quedó de pie como un conquistador sobre el cuerpo de Wendy cuando los otros niños saltaron, armados, desde sus árboles.

—Llegan demasiado tarde —exclamó orgulloso— le he dado al Wendy. Peter se sentirá tan complacido conmigo.

Encima de ellos Campanilla gritó "¡Zopenco!" y se apresuró a esconderse. Los otros no la oyeron. Se habían arremolinado alrededor de Wendy, y mientras la miraban cayó un terrible silencio sobre el bosque. Si el corazón de Wendy hubiera latido todos lo habrían escuchado.

Menudo fue el primero en hablar.

—Esto no es un pájaro —dijo con voz asustada—. Creo que esto debe de ser una dama.

—¿Una dama? —dijo Lelo, y cayó al suelo, presa de temblores.

—Y la hemos matado —dijo Avispado roncamente.

Todos se quitaron las gorras.

—Ahora me doy cuenta —dijo Rizos—. Peter nos la estaba trayendo.

Se tiró al suelo lleno de pesar.

—Finalmente, una dama para que se ocupara de nosotros —dijo uno de los Gemelos—, ¡y la mataste!

Lo sentían por él, pero más por sí mismos, y cuando dio un paso hacia ellos se apartaron de él.

La cara de Lelo estaba muy blanca, pero había una dignidad en él que nunca había estado allí antes.

—Yo lo hice —dijo, reflexionando—. Cuando venían damas a mí en mis sueños, yo decía "Linda madre, linda madre". Pero cuando finalmente vino, la maté.

Se fue lentamente.

—No te vayas —le llamaron con compasión.

—Tengo que irme —contestó, temblando—. Tengo tanto miedo de Peter.

Fue en este trágico momento que oyeron un sonido que hizo que el corazón de cada uno de ellos se subiera hasta su boca. Oyeron cacarear a Peter.

—¡Peter! —gritaron, porque siempre era así que señalaba su regreso.

—Escóndanla —susurraron, y se juntaron apresuradamente alrededor de Wendy. Pero Lelo se quedó distante.

De nuevo se oyó el sonoro cacareo, y Peter aterrizó frente a ellos.

—Saludos, niños —exclamó, y le saludaron mecánicamente, y luego volvió a haber silencio.

Él frunció el ceño.

—He vuelto —dijo con vehemencia—. ¿Por qué no vitorean?

Abrieron la boca, pero no salió ningún vitoreo. Él lo pasó por alto con las prisas que tenía por contarles las gloriosas nuevas.

—Estupendas noticias, niños —exclamó—, por fin les he traído una madre.

Seguía sin haber ningún sonido, exceptuando un pequeño ruido sordo que hizo Lelo al caer de rodillas.

—¿No la han visto? —preguntó Peter, preocupándose—. Estaba volando hacia aquí.

—¡Ay de mí! —dijo una voz, y otra dijo—: Oh, día lamentable.

Lelo se levantó.

—Peter —dijo en voz baja— yo te la mostraré.

Y aunque los otros la hubieran seguido escondiendo dijo:

—Atrás, Gemelos, dejen que Peter vea.

De modo que todos dieron un paso atrás, y le dejaron ver, y después de que hubo mirado un poco de tiempo no sabía qué hacer después.

—Está muerta —dijo incómodo—. A lo mejor le da miedo estar muerta.

Pensó en irse dando saltos de algún modo cómico hasta perderla de vista, y luego nunca volverse a acercar a ese lugar. Se hubieran alegrado de seguirle si lo hubiera hecho.

Pero estaba la flecha. La sacó de su corazón y se enfrentó a su banda.

—¿De quién es? —preguntó con severidad.

—Es mía, Peter —dijo Lelo de rodillas.

—Oh, mano ruin —dijo Peter, y alzó la flecha para usarla como daga.

Lelo no se resistió. Desnudó su propio pecho.

—Asesta el golpe, Peter —dijo con firmeza—, y da en el blanco.

Dos veces levantó la flecha Peter, y dos veces la dejó caer.

—No puedo —dijo sobrecogido—, hay algo que detiene mi mano.

Todos le miraron maravillados, salvo Avispado, quien afortunadamente miró a Wendy.

—¡Es ella —exclamó—, la dama Wendy, miren, su brazo!

Qué maravilla contarlo, Wendy levantó el brazo. Avispado se inclinó sobre ella y escuchó con reverencia.

—Creo que ha dicho "Pobre Lelo" —susurró.

—Esta viva —dijo Peter lacónicamente.

Menudo gritó al instante:

—¡La dama Wendy vive!

Entonces Peter se arrodilló junto a ella y encontró su bellota. Recodarán que ella la puso en la cadenilla que llevaba alrededor del cuello.

—Ven —dijo—, la flecha se golpeó contra esto. Es el beso que le di. Le ha salvado la vida.

—Me acuerdo de los besos —se interpuso Menudo rápidamente—, déjame verlo. Sí, eso es un beso.

Peter no le oyó. Le estaba suplicando a Wendy que se pusiera bien rápidamente, para que le pudiera mostrar las sirenas. Por supuesto que ella todavía no podía contestar, estando aún con un terrible desmayo, pero desde sobre sus cabezas se oyó un sonido plañidero.

—Escuchen a Campanilla —dijo Rizos—, está llorando porque Wendy vive.

Entonces tuvieron que contarle a Peter el crimen de Campanilla, y casi nunca le habían visto tan serio.

—Escucha, Campanilla —exclamó—, ya no soy amigo tuyo.

Fuera de mi vista para siempre.

Ella voló a su hombro y suplicó, pero él la apartó de un manotazo. Hasta que Wendy volvió a levantar el brazo no transigió lo suficiente como para decir:

—Bueno, no para siempre, sino durante una semana entera.

¿Creen que Campanilla le estaba agradecida a Wendy por levantar el brazo? Oh, no, qué va, nunca había tenido tantas ganas de pellizcarla. Sí que son raras las hadas, y Peter, que era quien las comprendía mejor, a menudo les daba un cachete.

¿Pero qué hacer con Wendy en su actual estado delicado de salud?

—Llevémosla a la casa —sugirió Rizos.

—Sí —dijo Menudo—, eso es lo que se hace con las damas.

—No, no —dijo Peter—, no la deben tocar. No sería suficientemente respetuoso.

—Eso —dijo Menudo— es lo que estaba pensando yo.

—Pero si se queda aquí —dijo Lelo— morirá.

—Sí, morirá —admitió Menudo—, pero no hay escapatoria.

—Sí que la hay —exclamó Peter—. Construyamos una casita a su alrededor.

Se quedaron todos encantados.

—Rápido —les ordenó—, que cada uno me traiga lo mejor de lo que tenemos. Vacíen nuestra casa. Andando.

Al momento estaban todos tan atareados como sastres la noche antes de una boda. Corrieron de aquí para allá, bajando en busca de materiales para una cama, subiendo en busca de madera para leña, y mientras lo estaban haciendo, quiénes aparecieron sino John y Michael. Al pasar arrastrándose junto al suelo se quedaron dormidos de pie, se detuvieron, se despertaron, dieron otro paso y se volvieron a dormir.

—John, John —gritó Michael—, ¡despierta! ¿Dónde está Nana, John? ¿Y Madre?

Entonces John se frotó los ojos y musitó:

—Es cierto, de verdad que volamos.

Pueden estar seguros de que se sintieron aliviados al ver a Peter.

—¡Hola, Peter! —dijeron.

—Hola —replicó Peter amigablemente, aunque se había olvidado de ellos por completo. Estaba muy ocupado en ese momento midiendo a Wendy con sus pies para ver qué tamaño de casa iba a necesitar. Por supuesto que quería dejar lugar para sillas y una mesa. John y Michael le observaban.

—¿Wendy está dormida? —preguntaron.

—Sí.

—John —propuso Michael—, despertémosla y que nos prepare la cena.

Pero mientras lo decía alguno de los otros niños llegó corriendo trayendo ramas para construir la casa.

—¡Mírales! —exclamó.

—Rizos —dijo Peter en su voz más de capitán—, que estos niños ayuden a construir la casa.

—Sí, mi capitán.

—¿Construir una casa? —exclamó John.

—Para la Wendy —dijo Rizos.

—¿Para Wendy? —dijo John, horrorizado—. ¡Pero si solo es una niña!

—Es por eso —explicó Rizos— que somos sus sirvientes.

—¿Ustedes? ¡Los sirvientes de Wendy!

—Sí —dijo Peter—, y ustedes también. Llévenselos.

Los atónitos hermanos fueron arrastrados y puestos a dar hachazos y cortar y acarrear.

—Sillas y un guardafuegos para la chimenea primero —ordenó Peter—. Luego construiremos una casa alrededor de ellos.

—Sí —dijo Menudo—, así es como se construye una casa, me voy acordando de todo.

Peter estaba en todo.

—Menudo —ordenó—, busca a un médico.

—Sí, mi capitán —dijo Menudo inmediatamente, y desapareció, rascándose la cabeza. Pero sabía que Peter debía ser obedecido, y volvió en un momento, llevando el sombrero de John con aspecto solemne.

—Por favor, señor —dijo Peter, acercándose a él—, ¿es usted médico?

La diferencia entre él y los otros niños en un momento así es que ellos sabían que era una fantasía, mientras que para él fantasía y realidad eran exactamente la misma cosa. Esto les preocupaba a veces, como cuando tenían que fantasear que ya habían cenado. Si se salían de la fantasía él les golpeaba en los nudillos.

—Sí, hombrecito —contestó con inquietud Menudo, que tenía los nudillos paspados.

—Por favor, señor —explicó Peter—, hay una dama que yace muy enferma.

Estaba tendida a sus pies, pero Menudo tuvo el sentido común de no verla.

—Vaya vaya —dijo—, ¿dónde está?

—En aquel claro.

—Pondré una cosa de cristal en su boca —dijo Menudo, e hizo como que lo hacía, mientras Peter esperaba. El momento en que sacó la cosa de cristal estuvo lleno de preocupación.

—¿Cómo está? —inquirió Peter.

—Vaya vaya —dijo Menudo— esto la ha curado.

—¡Me alegro! —exclamó Peter.

—Me volveré a pasar por la tarde —dijo Menudo—. Denle té de carne en una taza con pico.

Pero después de haberle devuelto el sombrero a John dio unas profundas respiraciones, que era su costumbre al escapar de una dificultad.

Mientras tanto el bosque había estado lleno de ruido de hachas. Casi todo lo que hacía falta para una acogedora morada yacía ya a los pies de Wendy.

—Si tan solo supiéramos —dijo uno— qué tipo de casa le gusta más.

—Peter —gritó otro—, se mueve en sueños.

—Está abriendo la boca —gritó un tercero, mirando respetuosamente dentro de ella—. ¡Oh, qué encantador!

—A lo mejor canta en sueños —dijo Peter—. Wendy, canta el tipo de casa que te gustaría tener.

Inmediatamente, sin abrir los ojos, Wendy empezó a cantar:

Qué lindas paredes rojas
Tiene de mi casita.
Con techo de verde musgo
Es dulce y chiquita.

Gorjearon de gozo ante esto, porque habían tenido la grandísima suerte de que las ramas que habían traído estuvieran pegajosas con savia roja, y toda la tierra estaba cubierta de musgo. Al ir montando la casita se pusieron a cantar ellos también:

Una linda puerta, techo,
Paredes ya tienes.
Dinos pues, oh, madre Wendy,
¿Qué otra cosa quieres?

A esto ella contestó con cierta avaricia:

También querría que hubiera
Ventanas graciosas
Muchos bebés por adentro
Por afuera rosas.

De un puñetazo hicieron ventanas, y grandes hojas amarillas hacían de persianas. ¿Pero rosas…?

—Rosas —exclamó Peter con gravedad.

Rápidamente fantasearon que crecían las más hermosas rosas por las paredes.

¿Bebés?

Para evitar que Peter pidiera bebés volvieron a cantar apresuradamente:

Mira cuántas bellas rosas
Te hemos conseguido.
No podemos ser tus bebés
Pues ya hemos crecido.

Peter, viendo que esto era una buena idea, al momento hizo creer que había sido suya. La casa era muy hermosa, y no hay duda de que Wendy estaba muy a gusto adentro, aunque, por supuesto, ya no la

podían ver. Peter iba y venía, dando órdenes con los últimos detalles.
Nada escapaba a su ojo de águila. Justo cuando parecía totalmente
terminada dijo:

—No hay aldaba en la puerta.

Estaban muy avergonzados, pero Lelo ofreció la suela de su
zapato, y eso se convirtió en una excelente aldaba.

Ya está absolutamente terminada, pensaron.

En absoluto.

—No hay chimenea —dijo Peter—, tenemos que hacer una chimenea.

—Ciertamente necesita una chimenea —dijo John dándose importancia.

Esto le dio una idea a Peter. Le sacó el sombrero de la cabeza a
John, abrió la parte superior de un puñetazo, y colocó el sombrero
sobre el tejado. La casita se sintió tan complacida de tener una
chimenea tan estupenda que, como para dar las gracias, enseguida
empezó a salir humo del sombrero.

Ahora estaba verdaderamente terminada. No faltaba nada sino
llamar a la puerta.

—Pónganse guapos —les advirtió Peter—. La primera impresión
es terriblemente importante.

Se alegró de que nadie le preguntara lo que era una primera
impresión: todos estaban demasiado ocupados poniéndose guapos.
Llamó amablemente, y ahora el bosque estaba tan callado como los
niños, no se oía un solo ruido exceptuando a Campanilla, que estaba
mirando desde una rama y lanzando comentarios desdeñosos.

Lo que los niños se preguntaban era ¿quién abriría la puerta? Si
era una dama, ¿qué aspecto tendría?

La puerta se abrió y salió una dama. Era Wendy. Todos se
quitaron las gorras.

Parecía muy sorprendida, y así es justamente como tenían la
esperanza de que estuviera.

—¿Dónde estoy? —preguntó.

Por supuesto que fue Menudo el primero en hablar.

—Dama Wendy —dijo rápidamente—, para *ti* hemos construido
esta casa.

—Oh, di que te gusta —exclamó Avispado.

—Hermosa, preciosa casa —dijo Wendy, y eran justo las palabras que habían deseado que dijera.

—Y nosotros somos tus niños —exclamaron los Gemelos.

Todos se pusieron de rodillas, y extendiendo los brazos exclamaron:

—¡Oh, dama Wendy, sé nuestra madre!

—No sé si debería —dijo Wendy, brillando—. Cierto que es terriblemente fascinante, pero verán, sólo soy una niña pequeña. No tengo verdadera experiencia.

—Eso no importa —dijo Peter, como si fuera la única persona presente que sabía todo sobre el tema, aunque en realidad era quien sabía menos—. Lo que necesitamos es únicamente una linda persona maternal.

—¡Ay, qué cosa! —dijo Wendy—, es que, siento que eso es justamente lo que soy.

—Sí, sí —exclamaron todos— lo vimos al momento.

—Muy bien —dijo ella—, haré lo que pueda. Vengan adentro inmediatamente, niños malos: estoy segura de que tienen los pies húmedos. Y antes de meterles en la cama tengo el tiempo justo para terminar el cuento de Cenicienta.

Adentro se fueron: no sé cómo cupieron todos, pero uno se puede apretujar mucho en el País de Nunca Jamás. Y esa fue la primera de las muchas gozosas veladas que pasaron con Wendy. Más tarde les arropó en la cama grande en la casa bajo los árboles, pero ella durmió esa noche en la casita, y Peter montó guardia afuera con la espada desenvainada, porque podían oír a los piratas montando jarana a lo lejos y los lobos andaban al acecho. La casita parecía tan acogedora y segura en la oscuridad, con una brillante luz vislumbrándose a través de las persianas, y la chimenea humeando fantásticamente, y Peter montando guardia. Después de un rato él se quedó dormido, y algunas hadas inestables tuvieron que trepar por encima de él en su camino a casa, cuando volvían de sus festejos. Si hubiera sido cualquier otro niño el que obstruía el sendero de las hadas por la noche le hubieran hecho alguna diablura, pero se limitaron a retorcerle la nariz a Peter y seguir andando.

7

El hogar bajo tierra

UNA DE LAS PRIMERA COSAS que hizo Peter al día siguiente fue tomarles las medidas a Wendy, John y Michael para que tuvieran sus propios árboles huecos. Garfio, recordarán, se había burlado de los niños por pensar que necesitaban un árbol por cabeza, pero esto era ignorancia, pues a no ser que tu árbol fuera de tu misma talla costaba trabajo subir y bajar, y ninguno de los niños era del mismo exacto tamaño. Una vez que era de tu tamaño, contenías la respiración en lo alto, y bajabas exactamente a la velocidad adecuada, mientras que para subir ibas inspirando y espirando y de este modo subías serpenteando. Por supuesto, cuando dominabas el movimiento podías hacer estas cosas sin pensar, y nada puede ser más grácil.

Pero simplemente tienes que encajar con exactitud, y Peter te toma las medidas para tu árbol con tanto cuidado como para un conjunto de ropa: la única diferencia es que la ropa se hace a medida tuya, mientras que a ti hay que hacerte a medida del árbol. Generalmente esto se hace bastante fácilmente, como haciéndote llevar demasiada ropa o demasiado poca, pero si eres desigual en lugares poco prácticos o si el único árbol disponible tiene una forma extraña, Peter te hace algunas cosas, y después de eso cabes perfectamente. Una vez que encajas, tienes que tener gran cuidado para seguir encajando, y esto, como Wendy descubriría para su regocijo, mantiene a toda la familia en perfecta forma.

Wendy y Michael cupieron en sus árboles al primer intento, pero John tuvo que ser levemente alterado.

Después de algunos días de práctica podían subir y bajar tan alegremente como baldes en un pozo. Y cuán ardientemente llegaron a amar su hogar bajo tierra, especialmente Wendy. Consistía en una gran habitación, como todas las casas deberían ser, con un suelo en el que podías cavar en busca de lombrices si querías ir de pesca, y en este suelo crecían robustas setas de un color encantador, que se usaban como taburetes. Un Nunca-árbol hacía grandes esfuerzos por crecer en el centro de la habitación, pero cada mañana serruchaban el tronco a nivel del suelo. Para la hora del té siempre medía unos sesenta centímetros, y entonces ponían una puerta encima, con lo que el conjunto se volvía una mesa. Tan pronto como recogían la mesa, volvían a serruchar el tronco, y así había más lugar para jugar. Había una enorme chimenea que estaba en casi cualquier parte de la habitación en la que te apeteciera encenderla, y cruzándola Wendy extendió cuerdas, hechas de fibra, en las que suspendía su colada. La cama estaba inclinada contra la pared durante el día y la bajaban a las seis y media, y ocupaba casi media habitación, y todos los niños, exceptuando a Michael, dormían en ella, como sardinas en una lata. Había una regla estricta que prohibía darse la vuelta hasta que uno diera la señal, y entonces todos se giraban al unísono. Michael también la hubiera usado, pero Wendy *quería* tener un bebé, y él era el más pequeño, y ya saben cómo son las mujeres. Resumiendo: que lo colgaba en una cesta.

Era basta y simple, del estilo en que unos oseznos hubieran hecho una casa subterránea de verse en las mismas circunstancias.

Pero había un hueco en la pared, no mayor que una jaula de pajaritos, que era el apartamento privado de Campanilla. Podía separarse del resto de la casa mediante una minúscula cortina, que Campanilla, siendo de lo más maniática, siempre dejaba cerrada cuando se vestía o desvestía. Ninguna mujer, por más grande que fuera, podría haber tenido un combinado de tocador y alcoba más exquisito. El canapé, como ella siempre lo llamaba, era un genuino Reina Mab[1], con patas de palo, y ella cambiaba de colcha según la fruta que estaba en flor en esa temporada. Su espejo era un Gato con Botas, de los cuales ahora solo quedan tres, en perfecto estado, conocido por los comerciantes de las hadas; el lavabo era un Molde Pastelero reversible, la cómoda una Encantador VI auténtica, y la

---

[1] La reina de las hadas, según la tradición inglesa. Los nombres que siguen también son del folklore inglés.

alfombra y alfombrillas de la mejor (la temprana) época de Margery y Robin. Había un candelabro de Tiddlywynk, por lo bonito que era, pero por supuesto que era ella misma la que iluminaba su residencia. Campanilla era muy desdeñosa con el resto de la casa, cosa que tal vez era inevitable, y su cámara, aunque hermosa, parecía bastante engreída, con el aspecto de una nariz que siempre estaba para arriba.

Supongo que todo era especialmente fascinante para Wendy, pues esos niños arrasadores de los que se había hecho cargo le daban tanto que hacer. Lo cierto es que pasaban semanas enteras en las que nunca salía a superficie, salvo tal vez con un calcetín por la noche. La tarea de cocinar, les puedo decir, mantenía su nariz pegada a la olla, y aunque no hubiera nada en ella, aunque no hubiera olla, tenía que quedarse mirando si hervía de todas maneras. Su comida estaba constituida principalmente por fruto del árbol del pan tostado, ñames, cocos, cerdo asado, frutos de mamey, rollitos de tapa y bananas, bien regados con zumo de papaya, pero nunca se sabía con certeza si sería una comida de verdad o solo de fantasía: todo dependía del capricho de Peter. Él podía comer, comer de verdad, si era parte de un juego, pero no podía sentarse a comer un banquete solo para sentirse lleno, que es lo que más les gusta a la mayoría de los niños (lo siguiente que más les gusta es hablar de ello). La fantasía era tan real para él que durante una comida de fantasía se le podía ver engordar. Por supuesto que era difícil, pero simplemente tenías que seguirle el juego, y si podías probar que te estabas quedando holgado para tu árbol te dejaba darte un atracón.

La hora preferida de Wendy para coser y zurcir era después de que todos se hubieran ido a la cama. Entonces, tal como ella decía, tenía un momento para respirar por su cuenta, y lo ocupaba en hacerles cosas nuevas, y en poner rodilleras, porque todos gastaban de un modo terrible las rodillas de su ropa.

Cuando se sentaba con una cesta llena de calcetines, que tenían un agujero en cada talón, se llevaba las manos a la cabeza y exclamaba "¡Ay, seguro que a veces creo que hay que envidiar a las solteronas!". Su cara tenía una gran sonrisa cuando exclamaba esto.

Recordarán lo de su lobezno. Bien, muy pronto él descubrió que ella había llegado a la isla y la encontró, y simplemente corrieron el uno en brazos de la otra. Después de esto la seguía a todas partes.

Con el paso del tiempo, ¿creen que pensaba mucho en los amados padres que había dejado atrás? Esta es una pregunta difícil, porque es del todo imposible decir lo que pasa con el tiempo en el País de Nunca Jamás, donde se calcula por lunas y soles, y hay muchos más de ellos que en tierra firme. Pero me temo que Wendy no se preocupaba en realidad de su padre y madre; estaba absolutamente segura de que siempre mantendrían la ventana abierta para que volviera volando, y esto le daba una tranquilidad absoluta.

Lo que le molestaba a veces era que John tan solo recordaba vagamente a sus padres, como a gente que había conocido una vez, mientras que Michael estaba totalmente dispuesto a creer que Wendy era en verdad su madre. Estas cosas la asustaban un poquito, y con una noble preocupación por cumplir con su obligación, intentaba fijar aquella vieja vida en sus mentes poniéndoles exámenes al respecto, tan parecidos a los que le ponían a ella en la escuela como le era posible. A los otros niños esto les parecía tremendamente interesante, e insistían en hacerlos también, y se hicieron pizarras, y se sentaron alrededor de la mesa, escribiendo y pensando duramente en las preguntas que ella había escrito en otra pizarra que se iban pasando. Eran preguntas de lo más corriente, como "¿De qué color eran los ojos de Madre? ¿Quién era más alto, Padre o Madre? ¿Era Madre rubia o morena? Contesta las tres preguntas si es posible". "(A) Escribe un redacción de no menos de 40 palabras sobre Cómo Pasé Mis Últimas Vacaciones, o Comparación de los Caracteres de Padre y Madre. Solo hay que intentar hacer uno de estos". O bien "(1) Describe la risa de Madre; (2) Describe la risa de Padre; (3) Describe el vestido de fiesta de Madre; (4) Describe la caseta del perro y a su inquilina".

Eran simplemente preguntas cotidianas como estas, y si no las podías contestar tenías que poner una "X". La cantidad de X que hacían, incluso John, era verdaderamente terrible. Por supuesto que el único niño que contestaba a todas las preguntas era Menudo, y nadie podía tener más esperanzas de quedar el primero, pero sus respuestas eran completamente ridículas, y al final quedó el último, algo melancólico.

Peter no compitió. Por un lado despreciaba a todas las madres exceptuando a Wendy, y por el otro era el único niño de la isla que no sabía escribir ni deletrear, ni siquiera la palabra más corta. Estaba por encima de ese tipo de cosas.

Por cierto, las preguntas estaban todas formuladas en imperfecto. De qué color *eran* los ojos de Madre, y así sucesivamente. Wendy, como ven, también se estaba olvidando.

Las aventuras, por supuesto, como veremos, eran algo diario, pero para estas alturas Peter había ideado, con la ayuda de Wendy, un nuevo juego que le fascinaba enormemente, hasta que perdió todo interés por él, lo cual, como ya les hemos contado, era lo que siempre sucedía con sus juegos. Consistía en fingir que no tenían aventuras, en hacer el tipo de cosas que John y Michael habían estado haciendo toda la vida: sentarse en taburetes, tirar bolas en el aire, darse empujones, salir a dar un paseo y volver sin haber matado siquiera a un oso pardo. Tener a Peter sentado en un taburete sin hacer nada era una visión increíble: no podía evitar tener aspecto solemne en esas ocasiones, quedarse sentado quieto le parecía algo tan cómico… Presumía de que se había ido a dar un paseo por el bien de su salud. Durante varios soles esta era la más novedosa de todas las aventuras para él, y John y Michael tenían que fingir que también estaban encantados, de otro modo él los hubiera tratado con severidad.

A menudo salía solo, y cuando volvía nunca estabas absolutamente seguro de si había tenido una aventura o no. Podía haberla olvidado tan complemente que no decía nada de ella, y luego salías y te encontrabas con el cuerpo, y, por otra parte, podía decir un montón sobre ello, y sin embargo no podías encontrar el cuerpo. A veces volvía a casa con la cabeza vendada, y entonces Wendy le arrullaba y le pasaba un pañito tibio, mientras él le contaba un cuento deslumbrante. Pero ella nunca estaba del todo segura, ya saben. Sin embargo había muchas aventuras que ella sabía que eran ciertas porque estaba en ellas personalmente, y había todavía más que eran al menos parcialmente ciertas, porque los otros niños estaban en ellas y decían que eran totalmente ciertas. Para describirlas todas haría falta un libro tan grande como un diccionario Español-Latín, Latín-Español, y lo más que podemos hacer es relatar una como un espécimen de una hora cualquiera en la isla. La dificultad está en cuál elegir. ¿Elegimos la refriega con los pieles rojas en el Barranco Menudo? Fue un asunto sangriento, y especialmente interesante ya que muestra una de las peculiaridades de Peter, que era que en medio de una pelea de pronto cambiaba de bando. En el Barranco, cuando la victoria todavía era incierta, a veces inclinándose hacia este lado y a veces hacia este otro, avisó en voz alta:

—Hoy soy un piel roja. ¿Y tú que eres, Lelo?

Y Lelo contestó:

—Piel roja. ¿Y tú qué eres, Avispado?

Y Avispado dijo:

—Piel roja. ¿Y tú, Gemelo?

Y así sucesivamente. Y todos quedaron siendo pieles rojas, y por supuesto que esto hubiera hecho terminar la pelea si los verdaderos pieles rojas, fascinados por el método de Peter, no hubieran decidido que serían niños perdidos solo por esa vez, y así volvieron todos a empezar, más fieramente que nunca.

El extraordinario resultado de esta aventura fue... pero todavía no hemos decidido que esta es la aventura que vamos a narrar. Tal vez sería mejor la del ataque nocturno de los indios en la casa subterránea, cuando varios de ellos se quedaron atascados en los árboles huecos y tuvieron que sacarlos como a corchos. O podríamos contar cómo Peter le salvó la vida a Tigrilla en la Laguna de las Sirenas y así la volvió su aliada.

O podríamos hablar del pastel que hicieron los piratas para que los niños se lo comieran y murieran; y cómo lo colocaron en un lugar ingenioso tras de otro, pero Wendy siempre se los sacaba de las manos a sus niños, de modo que con el tiempo perdió su suculencia, y se puso duro como una piedra, y lo usaron como misil, y Garfio tropezó con él en la oscuridad.

O supongamos que hablamos de las aves que eran amigas de Peter, particularmente del Nunca-pájaro que había construido su nido encima de la laguna, y cómo el nido se cayó al agua, y el ave seguía acostada sobre sus huevos, y Peter dio órdenes de que no fuera molestada. Es una bonita historia, y al final muestra cuán agradecida puede estar un ave, pero si la contamos también tendremos que contar toda la aventura de la laguna, lo cual por supuesto sería contar dos aventuras en lugar de una sola. Una aventura más corta, y casi igual de emocionante, fue el intento de Campanilla, con la ayuda de algunas hadas callejeras, de hacer que Wendy, que estaba dormida, fuera transportada sobre una gran hoja flotante hasta tierra firme. Afortunadamente la hoja cedió y Wendy se despertó, pensando que era la hora del baño, y volvió nadando. O si no podríamos elegir el desafío de Peter a los leones, cuando trazó un círculo a su alrededor en la tierra con una flecha y les retó a que lo cruzaran, y aunque esperó durante horas, con los otros niños y Wendy mirando, conteniendo la respiración desde los árboles, ninguno de ellos se atrevió a aceptar su desafío.

¿Cuál de estas aventuras elegiremos? Lo mejor será que lo echemos a suertes.

Lo he hecho, y la laguna ha ganado. Esto casi hace que deseara que hubieran ganado el Barranco o el pastel o la hoja de Campanilla. Claro que lo podría volver a hacer, y sacar el mejor de tres resultados, sin embargo, probablemente lo más justo será quedarnos con la laguna.

La laguna de las sirenas

SI CIERRAN LOS OJOS y son afortunados, a veces verán una charca informe de hermosos colores pálidos suspendida en la oscuridad, luego si aprietan los párpados, la charca empieza a tomar forma, y los colores se vuelven tan vívidos que apretando un poquito más empiezan a arder. Pero justo antes de que empiecen a arder verán la laguna. Es lo más cerca que pueden llegar desde tierra firme, solo un momento celestial, y si pudieran ser dos momentos podrían ver las olas y escuchar el canto de las sirenas.

Los niños a menudo pasaban largos días de verano en esta laguna, nadando o flotando casi todo el tiempo, jugando a los juegos de las sirenas en el agua, y así sucesivamente. No deben suponer por esto que las sirenas eran amistosas con ellos. Al contrario, estaba entre los más profundos pesares de Wendy no haber podido cruzar nunca una palabra cortés con ninguna de ellas en todo el tiempo que estuvo en la isla. Cuando se dirigía sigilosamente al borde de la laguna las podía ver por docenas, especialmente en la Roca de los Abandonados, donde les encantaba tomar el sol, peinándose el cabello de un modo perezoso que le irritaba mucho, o incluso nadaba o andaba en puntillas hasta un metro de distancia de ellas, pero entonces la veían y se sumergían, probablemente salpicándola con sus colas, pero no por accidente sino intencionadamente.

Trataban a todos los niños del mismo modo, exceptuando por supuesto a Peter, que charlaba durante horas con ellas en la Roca de los Abandonados, y se sentaba en sus colas cuando se ponían impertinentes. El le dio a Wendy uno de sus peines.

El momento más evocador e inquietante en el cual verlas era con el cambio de lunas, cuando profieren extraños gemidos, pero la laguna es peligrosa para los mortales en esos momentos, y hasta la tarde de la que vamos ahora a hablar, Wendy nunca había visto la laguna a la luz de la luna, menos por miedo, porque por supuesto Peter la hubiera acompañado, que porque tenía reglas estrictas de que todos estuvieran en la cama a las siete. Iba a menudo a la laguna, sin embargo, en los días de sol después de la lluvia, cuando salían sirenas en asombrosas cantidades para jugar con sus burbujas. Tratan como pelotas a las burbujas de muchos colores hechas con agua de arco iris, y se las tiran alegremente la una a la otra con sus colas, e intentan mantenerlas en el arco iris hasta que se rompen. Sus arcos están a cada extremo del arco iris, y los arqueros solo pueden usar las manos. A veces hay cientos de sirenas jugando en la laguna al mismo tiempo, y resulta algo muy lindo de ver.

Pero en el momento que los niños intentaban unirse al juego tenían que jugar entre ellos, porque las sirenas desaparecían inmediatamente. En cualquier caso tenemos pruebas de que observaban a los intrusos en secreto, y no les parecía mal sacar ideas de ellos, pues John introdujo un nuevo modo de darle a la burbuja, con la cabeza en lugar de con la mano, y las sirenas-arquero lo adoptaron. Esta es la marca que John dejó en el País de Nunca Jamás.

También debe de haber sido bastante lindo ver a los niños descansando sobre una roca durante media hora después del almuerzo. Wendy insistía en que lo hicieran, y tenía que ser un descanso real aunque la comida hubiera sido de fantasía. Así que ahí estaban tumbados al sol, con los cuerpos brillantes, mientras que ella estaba sentada a su lado con aspecto importante.

Era uno de esos días, y estaban todos en la Roca de los Abandonados. La roca no era mucho mayor que su cama grande, pero por supuesto todos sabían cómo hacer para no ocupar mucho lugar, y estaban dormitando, o al menos acostados con los ojos cerrados, pellizcándose ocasionalmente cuando pensaban que Wendy no estaba mirando. Ella estaba muy ocupada, bordando.

Mientras bordaba le sobrevino un cambio a la laguna. Pequeños escalofríos la recorrían, y el sol se fue y el agua se llenó de sombras, que la enfriaron. Wendy ya no tenía luz como para enhebrar su aguja, y cuando alzó la vista, la laguna que hasta ese momento siempre había sido un lugar de risas parecía imponente y hostil.

No era, seguro, que la noche hubiera llegado, sino que algo tan oscuro como la noche había llegado. No, peor que eso. No había llegado, pero había enviado ese escalofrío por el mar para decir que estaba viniendo. ¿Qué era?

Se le vinieron encima todas las historias que le habían contado de la Roca de los Abandonados, llamada así porque capitanes malvados ponían en ella a marineros y los dejaban para que se ahogaran. Se ahogan al subir la marea, porque entonces queda sumergida.

Por supuesto que debería haber despertado a los niños al momento, no solo por el desconocido que les estaba acechando, sino porque ya no era bueno para ellos que durmieran sobre una roca que se había puesto fría. Pero era una madre joven y no sabía esto: pensó que simplemente había que ceñirse a la norma de media hora después del almuerzo. De modo que, aunque tenía miedo y añoraba escuchar voces masculinas, no les quiso despertar. Aún cuando escuchó el sonido de remos amortiguados, aunque tenía el corazón en la boca, no les despertó. Se quedó cuidándoles y dejándoles que terminaran su siesta. ¿No fue valiente por parte de Wendy?

Fue bueno para aquellos niños que hubiera uno entre ellos que podía oler el peligro aún cuando dormía. Peter se puso de pie de un salto, totalmente despierto de inmediato como un perro, y con un grito de advertencia despertó a los demás.

Se quedó inmóvil, con una mano en la oreja.

—¡Piratas! —exclamó.

Los otros se acercaron a él. Había una sonrisa extraña bailando en su cara, y Wendy la vio y se estremeció. Mientras esa sonrisa estaba en su cara nadie se atrevía a dirigirse a él: todo lo que podían hacer era estar listos para obedecer. La orden llegó, seca e incisiva.

—¡Sumérjanse!

Hubo un destello de piernas, y al instante la laguna pareció desierta. La Roca de los Abandonados se quedó sola en las grandes aguas, como si ella también estuviera abandonada.

El barco se acercó. Era un bote pirata con tres personajes a bordo: Smee y Starkey, y el tercero era un cautivo, que no era otra sino Tigrilla. Tenía atados sus manos y pies, y sabía cuál iba a ser su suerte. La iban a dejar en la roca para que muriera, un final que para uno de su raza era más terrible que la muerte por fuego o tortura, pues ¿acaso no está escrito en el libro de la tribu que no hay sendero por agua para llegar a las felices tierras de caza? Sin embargo su cara estaba impasible: era la hija de un jefe, debía morir como la hija de un jefe, así de simple.

La habían atrapado cuando abordaba el barco pirata con un cuchillo en la boca. Nadie estaba de guardia en el barco, pues Garfio se jactaba de que los vientos de la fama de su nombre guardaban el barco a una milla a la redonda. Ahora el destino de ella también ayudaría a guardarlo. Un gemido más iría de ronda con esos vientos por las noches.

En la penumbra que traían consigo, los dos piratas no vieron la roca hasta que se chocaron contra ella.

—¡Orza, marinero de agua dulce! —gritó una voz irlandesa que era la de Smee—: aquí está la roca. Ahora, pues, lo que tenemos que hacer es poner a la india sobre ella y dejarla aquí para que se ahogue.

Era un momento brutal; situar a la hermosa niña sobre la roca. Era demasiado orgullosa como para ofrecer resistencia alguna.

Muy cerca de la roca, pero sin ser vistos, dos cabezas subían y bajaban en el agua: la de Peter y la de Wendy. Wendy estaba llorando, pues era la primera tragedia que veía. Peter había visto muchas tragedias, pero las había olvidado todas. Estaba menos triste que Wendy por Tigrilla: era el dos contra uno lo que le enojaba, y pretendía salvarla. El modo sencillo hubiera sido esperar hasta que se hubieran ido los piratas, pero él no era de los que elegían el modo sencillo.

No había casi nada que no pudiera hacer, y ahora imitó la voz de Garfio.

—¡Ah del barco, marineros de agua dulce! —llamó. Era una imitación magnífica.

—¡El capitán! —dijeron los piratas, mirándose sorprendidos.

—Debe de estar nadando hacia nosotros —dijo Starkey, después de haberlo buscado en vano.

—Estamos poniendo a la india sobre la roca —llamó Smee.

—Libérenla —fue la sorprendente respuesta.

—¿Liberarla?

—Sí, córtenle las ataduras y déjenla ir.

—Pero, Capitán…

—Inmediatamente, me oyen —gritó Peter— o les clavaré mi garfio.

—¡Esto es extraño! —dijo Smee ahogadamente.

—Mejor hacer lo que ordena el capitán —dijo Starkey nervioso.

—Sí, señor —dijo Smee, y cortó las cuerdas de Tigrilla. Al momento, como una anguila, se deslizó entre las piernas de Starkey y se metió en el agua.

Por supuesto que Wendy se quedó eufórica por la astucia de Peter, pero sabía que él también estaría eufórico y era muy probable que cacareara y de ese modo se delatara, así que en el acto sacó la mano y le tapó la boca. Pero se quedó con el gesto a medio hacer, porque resonó un "¡Ah del barco!" sobre la laguna con la voz de Garfio, y esta vez no era Peter quien había hablado.

Peter tal vez había estado a punto de cacarear, pero ahora en cambio su cara se arrugó con un silbido de sorpresa.

—¡Ah del barco! —se volvió a escuchar.

Ahora Wendy comprendió. El verdadero Garfio también estaba en el agua.

Estaba nadando hacia el bote, y puesto que sus hombres encendieron una luz para guiarle pronto les alcanzó. A la luz del farol Wendy vio su garfio agarrando el costado del bote, vio su malvada cara morena al subir chorreando del agua, y, temblando, le hubiera gustado irse nadando de allí, pero Peter no se movió. Estaba lleno de vida y además inestable con tanto engreimiento.

—¿No soy una maravilla, oh, no soy una maravilla? —le susurró, y aunque ella también lo creía, estaba muy contenta, por su reputación, de que nadie más le oyera salvo ella misma.

Le hizo gestos de que escuchara.

Los dos piratas tenían mucha curiosidad por saber qué había hecho que el capitán fuera a ellos, pero él se quedó sentado con la cabeza en el garfio en posición de profunda melancolía.

—Capitán, ¿está todo bien? —preguntaron tímidamente, pero él contestó con un gemido hueco.

—Está suspirando —dijo Smee.

—Vuelve a suspirar —dijo Starkey.

—Y suspira por tercera vez —dijo Smee.

Finalmente habló con pasión.

—El juego ha terminado —exclamó—: aquellos niños han encontrado una madre.

Temerosa como estaba, Wendy se hinchó de orgullo.

—¡Oh, fatídico momento! —exclamó Starkey.

—¿Qué es una madre? —preguntó el ignorante Smee.

Wendy estaba tan escandalizada que exclamó:

—¡No lo sabe! —y después de esto sintió que si uno pudiera tener un pirata favorito, Smee sería el suyo.

Peter la metió de un tirón bajo el agua, porque Garfio había pegado un salto, exclamando:

—¿Qué fue eso?

—No he oído nada —dijo Starkey, levantando el farol sobre las aguas, y al mirar, los piratas vieron un extraño espectáculo. Era el nido del que les había hablado, flotando sobre la laguna, y el Nunca-pájaro sentado sobre él.

—Ves —dijo Garfio contestando la pregunta de Smee—, eso es una madre. ¡Qué lección! El nido debe de haberse caído al agua, pero ¿podía la madre abandonar a sus huevos? No.

Se le quebró la voz, como si por un momento hubiera recordado los días inocentes cuando... pero hizo a un lado su debilidad con su garfio.

Smee, muy impresionado, contempló al ave al pasar junto al nido, pero Starkey, más desconfiado, dijo:

—Si es una madre, tal vez esté por aquí para ayudar a Peter.

Garfio se estremeció.

—Sí —dijo—, ese es el temor que me acosa.

Fue sacado de su abatimiento por la ansiosa voz de Smee.

—Capitán —dijo Smee—, ¿no podríamos secuestrar a la madre de estos niños y hacerla nuestra madre?

—Es un plan magnífico —exclamó Garfio, y al momento tomó aspectos prácticos en su genial cerebro—. Capturaremos a los niños y los llevaremos al barco: a los niños les haremos pasear la tabla, y Wendy será nuestra madre.

De nuevo Wendy no pudo quedarse callada.

—¡Jamás! —exclamó, y se hundió.

—¿Y eso qué fue?

Pero no pudieron ver nada. Pensaron que debía de haber sido una hoja en el viento.

—¿Están de acuerdo, matones míos? —preguntó Garfio.

—Aquí está mi mano —dijeron ambos.

—Y aquí está mi garfio. Juren.

Todos juraron. Para estas alturas estaban junto a la roca, y de pronto Garfio recordó a Tigrilla.

—¿Dónde está la india? —preguntó abruptamente.

A veces tenía un humor juguetón, y pensaron que este era uno de esos momentos.

—Todo en orden, Capitán —contestó Smee, complaciente—. La dejamos ir.

—¡La dejaron ir! —gritó Garfio.

—Fueron sus propias órdenes —balbuceó el contramaestre.

—Usted nos llamó sobre el agua y nos dijo que la dejáramos ir —dijo Starkey.

—¡Azufre y hiel! —tronó Garfio—. ¿Qué clase de engaño se traen entre manos?

Su cara se había puesto negra de furia, pero vio que creían en sus propias palabras, y se quedó asustado.

—Muchachos —dijo, temblando un poco—, yo no di ninguna orden semejante.

—Es de lo más extraño —dijo Smee, y todos se revolvieron incómodos.

Garfio alzó la voz, pero había un temblor en ella.

—Espíritu que rondas esta oscura laguna esta noche —exclamó—, ¿me oyes?

Claro que Peter debería haberse quedado callado, pero claro que no lo hizo. Inmediatamente contestó con la voz de Garfio:

—Diantres, rayos y centellas, te oigo.

En ese supremo momento Garfio no se amedrentó ni un poquito, pero Smee y Starkey se abrazaron llenos de terror.

—¿Quién eres, forastero? ¡Habla! —exigió Garfio.

—Soy James Garfio —replicó la voz—, capitán del *Jolly Roger*.

—No lo eres, no lo eres —gritó Garfio con voz ronca.

—¡Azufre y hiel! —espetó la voz—. Dilo otra vez, y te tiraré el ancla.

Garfio intentó congraciarse.

—Si tu eres Garfio —dijo, casi con humildad— dime por favor, ¿quién soy yo?

—Un bacalao —replicó la voz—, solo un bacalao.

—¡Un bacalao! —Garfio le hizo eco sin comprender, y fue entonces, pero no hasta ese preciso momento, que se quebró su orgulloso espíritu. Vio a sus hombres apartarse de él.

—¿Hemos sido capitaneados todo este tiempo por un bacalao? —musitaron—. Eso es humillante.

Eran sus propios perros los que le estaban hablando con brusquedad, pero, habiéndose vuelto un personaje trágico, apenas les prestó atención. Contra tales temibles evidencias no era la fe de ellos en él lo que necesitaba, sino la suya propia. Sentía cómo le estaba abandonando su ego.

—No me abandones, matón —le susurró roncamente.

En su naturaleza oscura había un toque de feminidad, como en todos los grandes piratas, y a veces le daba una intuición. De pronto intentó con el juego de las adivinanzas.

—Garfio —llamó—, ¿tienes alguna otra voz?

Resulta que Peter nunca podía resistirse a un juego, y contestó risueño con su propia voz:

—La tengo.

—¿Y otro nombre?

—Sí, señor.

—¿Vegetal? —preguntó Garfio

—No.

—¿Mineral?

—No.

—¿Animal?

—Sí.

—¿Hombre?

—¡No! —esta respuesta resonó con desdén.

—¿Niño?

—Sí.

—¿Niño ordinario?

—¡No!

—¿Niño maravilloso?

Para dolor de Wendy la respuesta que resonó en este momento fue "Sí".

—¿Estás en Inglaterra?

—No.

—¿Estás aquí?

—Sí.

Garfio estaba completamente desconcertado.

—Pregúntenle algo —le dijo a los otros, secándose la frente.

Smee reflexionó.

—No se me ocurre nada —dijo con pesar.

—¡No adivinan, no adivinan! —cacareó Peter—. ¿Se rinden?

Por supuesto que en su orgullo estaba llevando el juego demasiado lejos, y los bellacos vieron su oportunidad.

—Sí, sí —contestaron ansiosamente.

—Bien pues —exclamó—, soy Peter Pan.

¡Pan!

En un momento Garfio volvió a ser el de siempre, y Smee y Starkey eran sus fieles esbirros.

—Ahora le tenemos —chilló Garfio—. Al agua, Smee. Starkey, cuídate del bote. ¡Agárrenlo, vivo o muerto!

Brincaba mientras hablaba, y simultáneamente le llegó la alegre voz de Peter.

—¿Están listos, niños?

—Sí, mi capitán —se oyó desde diversas partes de la laguna.

—¡Entonces arremetan contra los piratas!

La batalla fue corta y firme. El primero en verter sangre fue John, quien valerosamente trepó al bote y sujetó a Starkey. Hubo un fiero forcejeo, en el cual el alfanje fue arrancado de manos del pirata. Se escabulló saltando por la borda y John saltó tras él. El bote se fue con la corriente.

Aquí y allí salía una cabeza del agua, y había un brillo de acero seguido por un grito o una exclamación de alegría. En la confusión algunos herían a los de su propio bando. El sacacorchos de Smee le dio a Lelo en la cuarta costilla, pero él fue a su vez pinchado por Rizos. Más lejos de la roca, Starkey estaba dándoles trabajo a Menudo y a los Gemelos.

¿Dónde estaba Peter todo este tiempo? Estaba buscando caza más grande.

Los otros eran todos niños valientes, y no se les debe culpar que se escabulleran del capitán pirata. Su garra de hierro hacía un círculo de agua muerta a su alrededor, de la que huían como peces asustados.

Pero había uno que no le temía. Había uno preparado para entrar en ese círculo.

Curiosamente, no fue en el agua donde se encontraron. Garfio se subió a la roca para respirar, y en ese mismo momento Peter la escaló por el lado opuesto. La roca estaba resbaladiza como una pelota, y tenían que ir a gatas más que trepar. Ninguno sabía que el otro estaba subiendo. Ambos, tanteando en busca de un punto de apoyo, dieron con el brazo del otro. Sorprendidos alzaron la cabeza y sus caras casi se tocaron, así se encontraron.

Algunos de los más grandes héroes han confesado que justo antes de atacar sintieron un desfallecimiento. Si hubiera sido así con Peter en ese momento yo lo admitiría. Después de todo, Garfio era el único hombre a quien había temido el Cocinero del Mar. Pero Peter no sintió ningún desfallecimiento, sólo tuvo un sentimiento: alegría, y sus dientes rechinaron de gozo. Rápido como el pensamiento, agarró un cuchillo del cinturón de Garfio y estaba a punto de clavárselo, cuando vio que estaba más arriba en la roca que su enemigo. No hubiera sido juego limpio. Le dio la mano al pirata para ayudarle a subir.

Fue entonces que Garfio le mordió.

No fue el dolor sino la injusticia lo que aturdió a Peter. Esto lo dejó totalmente indefenso. Sólo pudo quedarse mirando, horrorizado. Todo niño se siente así de afectado la primera vez que lo tratan injustamente. Piensa que cuando viene a ti de buena fe tiene derecho a un trato justo. Después de que has sido injusto con él te volverá a querer, pero nunca volverá a ser el mismo niño. Nadie llega nunca a superar la primera injusticia: nadie salvo Peter. A menudo se veía con ella, pero siempre se olvidaba. Supongo que esa era la verdadera diferencia entre él y todo el resto.

Así que cuando se vio con ella ahora fue como la primera vez; sólo podía quedarse mirando, indefenso. Dos veces le arañó la mano de hierro.

Momentos más tarde los otros niños vieron a Garfio en el agua pataleando como un loco en dirección al barco: ya no había euforia en su cara pestilente, solo blanco miedo, porque el cocodrilo estaba emperrado en perseguirle. En ocasiones normales los niños hubieran nadado a su lado vitoreándole, pero ahora estaban inquietos, pues habían perdido tanto a Peter como a Wendy, y estaban batiendo el lago buscándoles, llamándoles por su nombre. Encontraron el bote y se fueron a casa en él, gritando "Peter, Wendy" a su paso, pero no obtuvieron respuesta alguna, excepto las burlonas risas de las sirenas.

—Deben de estar nadando o volando hacia casa —concluyeron los niños.

No estaban muy preocupados, porque tenían tanta fe en Peter. Se rieron como niños, porque llegarían tarde a acostarse, ¡y todo era por culpa de Madre Wendy!

Cuando sus voces se extinguieron hubo un frío silencio sobre la laguna, y luego un débil grito.

—¡Socorro, socorro!

Dos pequeñas figuras estaban golpeándose contra la roca: la niña se había desmayado y yacía en brazos del niño. Con un último esfuerzo Peter la subió más arriba en la roca y luego se acostó junto a ella. Al desmayarse él también vio que el agua estaba subiendo. Sabía que pronto se iban a ahogar pero no había nada más que él pudiera hacer.

Mientras yacían el uno junto a la otra una sirena sujetó a Wendy por los pies y empezó a tirar de ella suavemente hacia el agua. Peter, sintiendo cómo se deslizaba hacia abajo, se despertó sobresaltado, y llegó justo a tiempo para volver a tirar de ella. Pero tuvo que decirle la verdad.

—Estamos en la roca, Wendy —dijo—, pero se está haciendo más pequeña. Pronto la cubrirá el agua.

Ella no comprendió ni siquiera entonces.

—Tenemos que irnos —dijo, casi alegremente.

—Sí —contestó él desfallecido.

—¿Nadamos o volamos, Peter?

Él tuvo que decírselo.

—¿Crees que podrías nadar o volar tan lejos como hasta la isla, Wendy, sin mi ayuda?

Ella tuvo que admitir que estaba demasiado cansada.

Él gimió.

—¿Qué sucede? —preguntó, inmediatamente preocupada por él.

—No te puedo ayudar, Wendy. Garfio me hirió. No puedo volar ni nadar.

—¿Quieres decir que ambos nos vamos a ahogar?

—Mira cómo sube el agua.

Se taparon la cara con las manos para no verlo. Pensaron que pronto dejarían de ser. Estando así sentados algo rozó a Peter, suave como un beso, y se quedó allí, como si dijera tímidamente "¿Puede ser de alguna utilidad?".

Era la cola de una cometa que Michael había hecho algunos días antes. Se había soltado de sus manos e ido volando.

—La cometa de Michael —dijo Peter sin interés, pero al momento siguiente había agarrado la cola, y estaba tirando de la cometa hacia él.

—Levantó a Michael del suelo —exclamó— ¿por qué no te iba a llevar a ti?

—¡A los dos!

—No puede levantar a dos: Michael y Rizos lo intentaron.

—Echémoslo a suertes —dijo Wendy valientemente.

—Tú eres una dama, de ningún modo.

Ya había atado la cola alrededor de ella. Ella se aferró a él, se negó a irse sin él, pero con un "Adiós, Wendy" la tiró de la roca de un empujón, y en pocos minutos ella se perdió de vista. Peter estaba solo en la laguna.

La roca ya era muy pequeña, pronto quedaría sumergida. Pálidos rayos de luz cruzaron las aguas de puntillas, y luego se oyó lo que puede considerarse a la vez el sonido más musical y más melancólico del mundo: las sirenas cantando a la luna.

Peter no era en absoluto como otros niños, pero finalmente tuvo miedo. Un temblor le recorrió, como un estremecimiento sobre el mar, pero en el mar un estremecimiento sigue a otro hasta que hay cientos, y Peter solamente sintió uno. Al momento siguiente estaba de pie muy erguido sobre la roca de nuevo, con esa sonrisa en su cara y un tambor golpeando dentro de sí. Decía "Morir será una aventura increíblemente grande".

9

El Nunca-pájaro

LOS ÚLTIMOS SONIDOS que oyó Peter antes de quedarse totalmente solo fueron las sirenas retirándose una a una a sus dormitorios bajo el mar. Estaba demasiado lejos para escuchar cómo cerraban las puertas, pero toda puerta en las cuevas de coral donde viven tiene una campanita que tintinea al abrirla o cerrarla (como en las mejores casas en tierra firme), y escuchó las campanas.

Las aguas subieron a un ritmo constante hasta lamer sus pies, y para pasar el tiempo hasta que finalmente se lo tragaran se quedó contemplando lo único que se movía sobre la laguna. Pensó que era un trozo de papel flotando, tal vez parte de la cometa, y se preguntó ociosamente cuánto tardaría en llegar a la costa.

Inmediatamente se percató de algo extraño: que estaba indudablemente en la laguna con algún propósito definido, pues estaba luchando contra la marea, y a veces ganaba, y cuando ganaba, Peter, que siempre simpatizaba con el lado más débil, no podía evitar aplaudir: era un trozo de papel tan valeroso.

No era en realidad un trozo de papel: era el Nunca-pájaro, haciendo desesperados esfuerzos por llegar hasta Peter en su nido. Remando con sus alas, de un modo que había aprendido desde que su nido cayera al agua, pudo hasta cierto punto guiar su extraña embarcación, pero para cuando Peter la reconoció, el ave estaba muy exhausta. Había venido a salvarle, a darle su nido, aunque hubiera huevos en él. La verdad es que esta ave me sorprende, pues aunque se había portado bien con ella, también la había atormentado a veces. Solo puedo suponer que, como la señora Darling y todas las demás, se derritió porque tenía todos sus dientes de leche.

Ella levantó la voz diciéndole a qué había venido, y él levantó la voz preguntándole qué hacía allí, pero por supuesto ninguno de los dos comprendía el idioma del otro. En los cuentos imaginativos la gente puede hablar libremente con los pájaros, y desearía en este momento que esta fuera una de esas historias, y decir que Peter replicó al Nunca-pájaro con inteligencia, pero la verdad es siempre lo mejor, y sólo quiero contar lo que verdaderamente sucedió. Bien, no solo no se podían entender sino que se habían olvidado de sus modales.

—Quiero – que – te – metas – en – el – nido —le dijo el ave, hablando tan lenta y claramente como pudo—, y – luego – puedes – llegar – a – tierra, pero – yo – estoy – demasiado – cansada – para – acercártelo – más – así – que – tienes – que – intentar – nadar – hasta – él.

—¿De qué estás graznando? —contestó Peter—. ¿Por qué no dejas que tu nido flote como siempre?

—Quiero – que – te —dijo el ave, repitiéndolo todo de nuevo.

Entonces Peter lo intentó de modo lento y claro.

—¿De – qué – estás – graznando? —y así sucesivamente.

El Nunca-pájaro se irritó: tienen poca paciencia.

—Tonto de capirote, pequeño arrendajo —gritó—. ¿Por qué no haces lo que te digo?

Peter sintió que le estaba insultando, y arriesgándose, le espetó acalorado:

—¡Eso lo serás tú!

Luego, bastante curiosamente, ambos soltaron el mismo comentario:

—¡Cállate!

—¡Cállate!

Sin embargo el ave estaba determinada a salvarle si podía, y con un último soberano esfuerzo impulsó el nido contra la roca. Luego salió volando, abandonando sus huevos, como para dejar claro lo que pretendía.

Entonces él finalmente comprendió, y se aferró al nido y movió la mano dándole las gracias al ave, que aleteaba por encima suyo. No era para recibir sus gracias, sin embargo, que ella se había quedado colgando en el cielo: ni siquiera era para verle subirse al nido; era para ver qué hacía con sus huevos.

Había dos grandes huevos blancos, y Peter los levantó y reflexionó. El ave se cubrió la cara con las alas, como para no ver el fin de sus huevos, pero no pudo evitar espiar entre las plumas.

No recuerdo si les he contado que había una estaca en la roca, clavada en ella por algún bucanero de antaño para señalar el lugar de un tesoro enterrado. Los niños habían descubierto el brillante tesoro, y cuando se sentían de humor travieso solían tirarle puñados de moidores, diamantes, perlas y monedas de cobre a las gaviotas, que se lanzaban sobre ellos pensando que era comida, y luego se alejaban volando, furiosas con la vil broma que les habían gastado. La estaca seguía allí, y en ella había colgado su sombrero Starkey: era profundo, de lona impermeable, de ala ancha. Peter puso los huevos en este sombrero y lo colocó en la laguna. Flotaba perfectamente.

El Nunca-pájaro vio en seguida lo que iba a hacer, y pegó un grito de admiración hacia él, y, ay, Peter cacareó mostrando que estaba de acuerdo con ella. Luego se metió en el nido, colocó la estaca erguida en él, como un mástil, y colgó su camisa a modo de vela. En el mismo momento el ave bajó aleteando y se posó sobre el sombrero, incubando cómodamente sus huevos de nuevo. Ella flotó en un sentido y él fue llevado en el otro, ambos vitoreando.

Claro que cuando Peter llegó a tierra hizo varar su corbeta en un lugar donde el ave la pudiera encontrar fácilmente, pero el sombrero tuvo tanto éxito que ella decidió abandonar el nido. Este anduvo flotando por su cuenta hasta que se hizo pedazos, y a menudo Starkey iba a la costa de la laguna, y con muchos amargos sentimientos veía al ave sentada en su sombrero. Puesto que no la volveremos a ver, puede ser interesante mencionar aquí que ahora todas las aves de Nunca Jamás construyen sus nidos con esa forma: con ala ancha sobre la que toman el aire los polluelos.

Grande fue el regocijo cuando Peter llegó al hogar bajo tierra casi tan pronto como Wendy, que fue llevada de aquí para allí por la cometa. Cada uno de los niños tenía aventuras que contar, pero tal vez la mayor aventura de todas era que habían demorado su hora de acostarse en varias horas. Esto los infló tanto que hicieron varias cosas medio arriesgadas para quedarse levantados todavía más tiempo, tales como pedir vendajes, pero Wendy, aunque se gloriaba de tenerlos a todos nuevamente en casa, sanos y salvos, estaba escandalizada por lo tarde que era y exclamó "A la cama, a la cama" en una voz que tenía que ser obedecida. Al día siguiente, sin embargo, se mostró enormemente tierna, y repartió vendajes para todos, y jugaron hasta la hora de dormir rengueando y llevando sus brazos en cabestrillo.

·∴·∴·∴·∴·

10

El hogar feliz

UN RESULTADO IMPORTANTE de la refriega en la laguna es que hizo que los indios fueran sus amigos. Peter había salvado a Tigrilla de un final horrible, y ahora no había nada que ella y sus valientes no quisieran hacer por él. Por la noche estaban sentados arriba, montando guardia para cuidar el hogar bajo tierra y esperando el gran ataque de los piratas que obviamente no podía demorarse mucho más. Andaban por allí incluso durante el día, fumando la pipa de la paz y casi con aspecto de querer cositas ricas para comer.

Llamaron a Peter Gran Padre Blanco, postrándose ante él, y esto le gustó inmensamente, de modo que no fue demasiado bueno para él.

—El gran padre blanco —les decía con modales muy señoriales, mientras los tenía prosternados a sus pies— se complace de ver a los guerreros Piccaninny protegiendo su wigwam de los piratas.

—Mi, Tigrilla —replicaba entonces esa hermosa criatura—. Peter Pan salvarme, mi su muy linda amiga. Mi no dejar piratas hacerle daño.

Era demasiado bonita para arrastrarse ante él de este modo, pero Peter pensaba que era lo correcto y contestaba condescendientemente:

—Está bien. Peter Pan ha dicho.

Siempre que decía "Peter Pan ha dicho" significaba que ahora se tenían que callar, y ellos lo aceptaban humildemente con ese humor, pero no eran en absoluto igual de respetuosos con los otros niños, a quienes consideraban guerreros corrientes. Les decían "¿Qué tal?" y cosas semejantes, y lo que molestaba a los niños era que Peter parecía pensar que esto estaba bien.

Wendy simpatizaba un poco con ellos en secreto, pero era un ama de casa demasiado leal como para prestar atención a quejas contra el Padre.

—Padre tiene razón —decía siempre, sin importar cuál fuera su opinión personal. Su opinión personal era que los pieles rojas no deberían llamarla squaw[1].

Ahora hemos llegado a la noche que iba a ser conocida entre ellos como la Noche de las Noches, por sus aventuras y su resultado final. El día, como si hubiera estado haciendo acopio de fuerzas lentamente, había transcurrido casi sin incidentes, y ahora los pieles rojas con sus mantas estaban en sus puestos arriba, mientras que abajo los niños estaban cenando: todos menos Peter, que había salido a averiguar la hora. La forma de saber la hora en la isla era encontrar al cocodrilo, y luego quedarse cerca de él hasta que el reloj diera la hora.

La comida resultó ser un té de fantasía, y estaban sentados alrededor de la tabla, engullendo con glotonería, y la verdad es que entre su charla y reproches el ruido, como decía Wendy, era totalmente ensordecedor. Lo cierto es que a ella no le importaba el ruido, pero no les permitía bajo ningún concepto que se comportaran con brusquedad y luego se excusaran diciendo que Lelo les había empujado el codo. Había una norma fija de que nunca podían devolver un golpe durante las comidas, sino que debían referir el asunto en discusión a Wendy levantando el brazo derecho y diciendo "Me quejo de Fulanito" pero lo que normalmente sucedía es que se olvidaban de hacerlo o lo hacían demasiado.

—Silencio —exclamó Wendy cuando les había dicho por vigésima vez que no hablaran todos al mismo tiempo—. ¿Tienes la taza vacía, Menudo, cariño?

—No del todo, mamá —dijo Menudo, después de mirar dentro de la taza imaginaria.

—Todavía no ha empezado a beberse la leche —interrumpió Avispado.

Esto era acusar, y Menudo aprovechó la oportunidad.

—Me quejo de Avispado —se apresuró a exclamar.

John, sin embargo, había levantado la mano primero.

—¿Sí, John?

—¿Puedo sentarme en la silla de Peter, ya que no está aquí?

[1] Así es como llaman los indios americanos a sus mujeres.

—¡Sentarte en la silla de Padre, John! —Wendy estaba escandalizada—. Claro que no.

—El no es nuestro verdadero padre —contestó John—. Ni siquiera sabía cómo se comporta un padre hasta que se lo mostré.

Esto era refunfuñar.

—Nos quejamos de John —gritaron los Gemelos.

Lelo levantó la mano. Era con mucho el más humilde de todos, la verdad es que era el único humilde, por lo que Wendy era especialmente amable con él.

—Supongo —dijo Lelo tímidamente— que yo no podría ser Padre.

—No, Lelo.

Una vez que Lelo empezaba, que no era muy a menudo, tenía un modo absurdo de seguir insistiendo.

—Ya que no puedo ser Padre —dijo gravemente—, supongo, Michael, que no me dejarías ser bebé.

—No, no te dejo —contestó Michael en tono brusco. Ya estaba en su cesta.

—Ya que no puedo ser bebé —dijo Lelo, cada vez más pesado—, ¿creen que podría ser un gemelo?

—No, ciertamente —replicaron los Gemelos—. Es increíblemente difícil ser gemelo.

—Ya que no puedo ser nada importante —dijo Lelo—, ¿alguien quiere que haga un truco?

—No —contestaron todos.

Finalmente se calló.

—La verdad es que no tenía ninguna esperanza —dijo.

Las odiosas acusaciones volvieron a empezar.

—Menudo está tosiendo en la mesa.

—Los Gemelos han empezado a comerse las tartas de queso.

—Rizos se está sirviendo mantequilla además de miel.

—Avispado está hablando con la boca llena.

—Me quejo de los Gemelos.

—Me quejo de Rizos.

—Me quejo de Avispado.

—¡Ay, por favor, basta! —exclamó Wendy—. Les aseguro que a veces pienso que los niños dan más trabajo que alegrías.

Les dijo que recogieran la mesa, y se sentó con sus labores: un gran cargamento de calcetines y cada rodilla con un agujero como de costumbre.

—Wendy —protestó Michael—, soy demasiado grande para una cuna.

—Tengo que tener a alguien en una cuna —dijo casi con aspereza— y tú eres el más pequeño. Una cuna es algo tan lindo y hogareño para tener en una casa…

Mientras cosía ellos jugaban a su alrededor: un hermoso grupo de caras felices y miembros danzantes iluminados por el romántico fuego. Se había vuelto una escena muy familiar, esta, en el hogar bajo tierra, pero la estamos viendo por última vez.

Sonaron pasos arriba, y Wendy, pueden estar seguros, fue la primera en reconocerlos.

—Niños, oigo los pasos de su padre. Le gusta que lo reciban junto a la puerta.

Arriba, los pieles rojas se agacharon ante Peter.

—Vigilad bien, mis valientes. He dicho.

Y entonces, como tantas veces antes, los alegres niños lo sacaron de su árbol. Como tantas veces antes, pero nunca más.

Había traído nueces para los niños además de la hora correcta para Wendy.

—Peter, siempre malcriándoles —dijo Wendy con una sonrisa tonta.

—Ah, la mujer —dijo Peter, colgando su pistola.

—Fui yo quien le dijo que a las madres se les llama mujer —le susurró Michael a Rizos.

—Me quejo de Michael —dijo Rizos al instante.

El primer Gemelo vino a Peter.

—Padre, queremos bailar.

—Pues baila, jovencito —dijo Peter, que estaba de muy buen humor.

—Pero queremos que bailes tú.

Peter era en realidad el mejor bailarín de todos, pero fingió escandalizarse.

—¡Yo! ¡El ruido que harían mis viejos huesos!

—Y mamá también.

—¡Cómo! —gritó Wendy—. Yo, la madre de todos estos, ¡bailando!

—Pero en un sábado por la noche… —insinuó Menudo.

No era en realidad sábado por la noche, al menos podría haberlo sido, porque hacía tiempo que habían perdido la cuenta de los días, pero siempre que querían hacer algo especial decían que era sábado por la noche, y lo hacían.

—Por supuesto, es sábado por la noche, Peter —dijo Wendy, ablandándose.

—¡Gente de nuestra clase, Wendy!

—Pero estamos en familia.

—Cierto, cierto.

Así que les dijeron que podían bailar, pero tenían que ponerse los pijamas primero.

—Ah, mujer —dijo Peter aparte, a Wendy, mientras se calentaba junto al fuego y la miraba, sentada remendando un talón—, no hay nada tan placentero para ti y para mí como cuando se ha terminado el duro trabajo del día y podemos descansar junto al fuego con los pequeños cerca.

—Es dulce, Peter, ¿verdad? —dijo Wendy, increíblemente gratificada—. Peter, creo que Rizos tiene tu nariz.

—Michael ha salido a ti.

Se acercó a él y le puso la mano sobre el hombro.

—Querido Peter —dijo—, con una familia tan grande, claro está que ya he pasado mis mejores años, pero no me quieres cambiar, ¿verdad?

—No, Wendy.

Ciertamente no quería cambiar, pero la miró incómodo, pestañeando, ya saben, como si no estuviera seguro de si estaba despierto o dormido.

—Peter, ¿qué sucede?

—Solo estaba pensando —dijo, algo asustado—. Solo es de fantasía, que soy su padre, ¿no es cierto?

—Oh, sí —dijo Wendy remilgadamente.

—Es que verás —continuó él como pidiendo disculpas— yo parecería tan viejo si fuera su verdadero padre.

—Pero son nuestros, Peter, tuyos y míos.

—¿Pero no de verdad, Wendy? —preguntó preocupado.

—No si no lo deseas —contestó ella, y escuchó claramente su suspiro de alivio—. Peter —preguntó, intentando sonar firme—, ¿cuáles son exactamente tus sentimientos hacia mí?

—Los de un abnegado hijo, Wendy.

—Lo suponía —dijo ella, y fue y se sentó en un rincón en el otro extremo de la habitación.

—Eres tan rara —dijo él, sinceramente desconcertado—, y Tigrilla es igual. Hay algo que ella quiere ser de mí, pero dice que no mi madre.

—No, ciertamente que no —replicó Wendy con tremendo énfasis. Ahora sabemos por qué tenía prejuicios contra los pieles rojas.

—¿Entonces qué es?

—No es algo que deba decir una dama.

—Oh, muy bien —dijo Peter, algo irritado—. Tal vez Campanilla me lo diga.

—Oh, sí, Campanilla te lo dirá —espetó Wendy con desdén—. Es una pequeña maleducada.

Entonces Campanilla, que estaba en su tocador, escuchando a escondidas, soltó algo insolente.

—Dice que se enorgullece de ser maleducada —interpretó Peter. Tuvo una súbita idea.

—¿Tal vez Campanilla quiera ser mi madre?

—¡Zopenco! —gritó Campanilla con vehemencia.

Lo había dicho tantas veces que Wendy no necesitaba traducción.

—Estoy prácticamente de acuerdo con ella —soltó Wendy.

¡Imagínense, Wendy hablando con brusquedad! Pero había tenido que soportar muchas cosas, y poca idea tenía de lo que iba a suceder antes de que terminara la noche. Si lo hubiera sabido, no habría hablado con brusquedad.

Ninguno de ellos lo sabía. Tal vez fuera mejor no saberlo. Su ignorancia les dio otra hora feliz, y ya que iba a ser su última hora en la isla, regocijémonos porque hubiera sesenta minutos felices en ella. Cantaron y bailaron en sus pijamas. Era una canción tan deliciosamente espeluznante, en la que fingían asustarse de sus propias sombras, sin poder sospechar que tan pronto se cernirían sombras sobre ellos, ante las que se encogerían con miedo de verdad. ¡Tan increíblemente divertido fue el baile, y de qué modo se zarandeaban los unos a los otros dentro y fuera de la cama! Era una guerra de almohadones más que un baile, y cuando terminaron, los almohadones insistieron en hacer otra ronda, como compañeros que saben que tal vez nunca se vuelvan a ver. ¡Las historias que contaron, antes de que fuera hora de la historia de buenas noches de Wendy! Incluso Menudo intentó contar una historia esa noche, pero el comienzo era tan terriblemente aburrido que lo consternó incluso a él mismo, y dijo alegremente:

—Sí, es un comienzo aburrido. ¿Por qué no fingimos que es el final?

Y luego finalmente todos se metieron en la cama para escuchar la historia de Wendy, la historia que más les gustaba, la historia que Peter odiaba. Normalmente cuando ella empezaba a contar esta historia él dejaba la habitación o se tapaba las orejas con las manos, y posiblemente si hubiera hecho cualquiera de esas cosas a estas alturas todos seguirían estando en la isla. Pero esta noche se quedó en su taburete, y veremos lo que sucedió.

11

La historia de Wendy

—Escuchen, pues —dijo Wendy, poniéndose cómoda para la narración, con Michael a sus pies y siete niños en la cama—. Había una vez un caballero…

—Yo preferiría que hubiera sido una dama —dijo Rizos.

—Ojalá hubiera sido una rata blanca —dijo Avispado.

—Cállense —les reprendió su madre—. También había una dama, y…

—Oh, mamá —gritó el primer Gemelo— querrás decir que también *hay* una dama, ¿no es cierto? ¿No está muerta, verdad?

—¡Oh, no!

—Me alegro tantísimo de que no esté muerta —dijo Lelo—. ¿Te alegras, John?

—Por supuesto que me alegro.

—¿Te alegras, Avispado?

—Mucho.

—¿Se alegran, Gemelos?

—Nos alegramos.

—Ay, qué paciencia —suspiró Wendy.

—Menos ruido por esos pagos —dijo Peter, determinado a intentar que le dejaran contar el cuento en paz, sin importar lo horroroso que le pareciera a él.

—El nombre del caballero —continuó Wendy— era señor Darling, y el nombre de ella era señora Darling.

—Yo les conocí —dijo John, para fastidiar a los otros.

—Yo creo que les conocí —dijo Michael, algo dudoso.

—Estaban casados, saben —explicó Wendy—, ¿y qué creen que tenían?

—Ratas blancas —exclamó Avispado, inspirado.

—No.

—Es tremendamente misterioso —dijo Lelo, que se sabía la historia de memoria.

—Silencio, Lelo. Tenían tres descendientes.

—¿Qué son descendientes?

—Bueno, tu eres uno, Gemelo.

—¿Oíste eso, John? ¡Soy un descendiente!

—Descendientes son simplemente niños —dijo John.

—Ay, ¡qué paciencia hay que tener! —suspiró Wendy—. Resulta que estos tres niños tenían una fiel niñera llamada Nana, pero el señor Darling se enojó con ella y la encadenó en el patio, de modo que los niños salieron volando.

—Es una historia buenísima —dijo Avispado.

—Se fueron volando —continuó Wendy— al País de Nunca Jamás, donde están los niños perdidos.

—Justo lo que pensaba —interrumpió Rizos excitadamente—. ¡No sé cómo, pero simplemente pensé que era así!

—Oh, Wendy —exclamó Lelo—, ¿uno de los niños perdidos se llamaba Lelo?

—Sí, así es.

—Estoy en una historia. ¡Hurra! Estoy en una historia, Avispado.

—Chitón. Ahora quiero que consideren los sentimientos de los infelices padres a los que se les fueron volando todos sus hijos.

—Oooh —todos gimieron, aunque en realidad no estaban considerando los sentimientos de los infelices padres en lo más mínimo.

—¡Pensad en las camas vacías!

—¡Oooh!

—Es terriblemente triste —dijo el primer Gemelo alegremente.

—No veo cómo va a tener un final feliz —dijo el segundo Gemelo—. ¿Y tú, Avispado?

—Estoy terriblemente preocupado.

—Si supieran cuán grande es el amor de una madre —les dijo Wendy triunfantemente—, no tendrían ningún miedo.

Ahora había llegado a la parte que Peter odiaba.

—Me gusta el amor de una madre —dijo Lelo, golpeando a Avispado con un almohadón—. ¿Te gusta el amor de una madre, Avispado?

—Oh, sí —dijo Avispado, devolviéndole el golpe.

—Verán —dijo Wendy con complacencia—, nuestra heroína
sabía que la madre siempre dejaría la ventana abierta para que sus
niños volvieran volando, de modo que se estuvieron fuera durante
años y se lo pasaron maravillosamente bien.

—¿Llegaron a volver algún día?

—Ahora —dijo Wendy, preparándose para su momento de mayor
lucimiento— echémosle un vistazo al futuro —y todos se pusieron en
esa posición que hace que sea más fácil echarle un vistazo al futuro—.
Han pasado los años, y ¿quién es esa elegante dama de edad incierta
que se apea en la Estación de Londres?

—Oh, Wendy, ¿quién es ella? —exclamó Avispado, totalmente
emocionado como si no lo supiera.

—Puede ser… sí… no… es… ¡la bella Wendy!

—¡Oh!

—¿Y quiénes son los dos nobles y apuestos personajes que la
acompañan, ya crecidos del tamaño de hombres? ¿Pueden ser John y
Michael? ¡Lo son!

—¡Oh!

—"Vean, queridos hermanos —dice Wendy señalando hacia
arriba— ahí está la ventana, todavía abierta. Ah, ahora somos
recompensados por nuestra sublime fe en el amor de una madre". De
modo que subieron volando junto a su mamá y papá, y ninguna pluma
puede describir la feliz escena, sobre la que corremos un velo.

Esta era la historia, y les gustaba tanto como a la bella narradora
misma. Es que todo era como debía ser. Nos vamos saltando como las
criaturas con menos corazón del mundo, que es lo que son los niños,
pero son tan encantadores… Y pasamos una temporada completamente
egoísta, y cuando tenemos necesidad de atención especial volvemos
noblemente en busca de ella, confiados de que nos abrazarán en lugar
de pegarnos. Tan grande era en verdad su fe en el amor de una madre
que sentían que podían permitirse ser insensibles durante un rato más.

Pero había uno que lo tenía más claro, y cuando Wendy terminó profirió un sordo gemido.

—¿Qué sucede, Peter? —exclamó ella, corriendo hacia él, pensando que estaba enfermo—. ¿Dónde te duele, Peter?

—No es ese tipo de dolor —replicó Peter, sombrío.

—¿Entonces de qué tipo es?

—Wendy, estás equivocada sobre las madres.

Todos le rodearon con temor, tan alarmante era su agitación, y con tierno candor les contó lo que había ocultado hasta ahora.

—Hace mucho tiempo —dijo— yo pensaba como ustedes que mi madre siempre dejaría la ventana abierta para mí, de modo que estuve fuera durante lunas y lunas y más lunas, y luego volví volando, pero la ventana estaba cerrada, porque Madre había olvidado todo sobre mí, y había otro niño pequeño durmiendo en mi cama.

No estoy seguro de que esto fuera verdad, pero Peter pensaba que era verdad, y eso les asustaba.

—¿Estás seguro de que las madres son así?

—Sí.

De modo que esta era la verdad sobre las madres. ¡Mentirosos!

Aún así es mejor tener cuidado, y nadie sabe tan rápidamente como un niño cuándo hay que rendirse.

—Wendy, vámonos a casa —gritaron John y Michael al unísono.

—Sí —dijo ella, abrazándoles.

—¿Pero no esta noche? —preguntaron los niños perdidos, desconcertados. Ellos sabían en lo que llamaban sus corazones que uno se las puede arreglar bastante bien sin una madre, y que son solo las madres las que piensan que no es así.

—Al momento —replicó Wendy resuelta, porque se le había ocurrido un terrible pensamiento: "A lo mejor madre ya está de medio luto".

Este temor le hizo olvidar cuáles debían de ser los sentimientos de Peter, y le dijo con bastante brusquedad:

—Peter, ¿harás los arreglos necesarios?

—Si lo deseas —replicó él, tan fríamente como si le hubiera pedido que le pasara las nueces.

¡Ni siquiera un "te echaré de menos" se cruzaron! Si a ella no le importaba irse, él le iba a demostrar que a él tampoco.

Pero por supuesto que le importaba mucho, y estaba tan lleno de ira contra los adultos, que, como de costumbre, estaban echando todo a perder, que tan pronto llegó dentro de su árbol respiró muy rápido intencionadamente, como unas cinco veces por segundo. Hizo esto porque en el País de Nunca Jamás se decía que cada vez que respirabas moría un adulto, y Peter, con afán de venganza, los estaba exterminando tan rápido como podía.

Después, habiendo dado las instrucciones necesarias a los indios, volvió al hogar, donde se había desarrollado una escena indigna durante su ausencia. Llenos de pánico al pensar en perder a Wendy, los niños perdidos se habían levantado contra ella amenazadores.

—Será peor que antes de que viniera —exclamaron.

—No la dejaremos irse.

—Hagámosla prisionera.

—Sí, encadénenla.

En tales momentos un instinto le dijo a cuál de ellos dirigirse.

—Lelo —exclamó ella—, apelo a ti.

¿No era extraño? Apelaba a Lelo, el más tonto de todos.

Pero sin embargo la respuesta de Lelo fue grandiosa. Durante un momento dejó de lado su estupidez y habló con dignidad.

—Tan solo soy Lelo —dijo— y nadie me hace caso. Pero el primero que no se comporte con Wendy como un caballero inglés sufrirá serias heridas.

Desenvainó su acero, y ese instante fue su momento de gloria. Los otros retrocedieron inquietos. Luego volvió Peter, y en seguida vieron que él no les iba a apoyar. Él no iba a mantener a ninguna niña en el País de Nunca Jamás en contra de su voluntad.

—Wendy —dijo, yendo y viniendo—, les he pedido a los indios que te guíen por el bosque, ya que volar te cansa tanto.

—Gracias, Peter.

—Luego —continuó, en el tono seco y cortante de uno acostumbrado a ser obedecido—, Campanilla te llevará sobre el mar.

Despiértala, Avispado

Avispado tuvo que llamar dos veces antes de que le contestara, aunque Campanilla en realidad llevaba algún tiempo sentada en la cama escuchando.

—¿Quién es? ¿Cómo te atreves? Márchate —exclamó.

—Tienes que levantarte, Campanilla —le dijo Avispado—, y llevarte a Wendy de viaje.

Por supuesto que Campanilla estaba encantada de oír que Wendy se marchaba, pero estaba absolutamente determinada a no ser su guía, y lo dijo con palabras aún más ofensivas. Luego fingió volverse a dormir.

—¡Dice que no lo hará! —exclamó Avispado, horrorizado ante tal insubordinación, con lo cual Peter se dirigió seriamente hacia el dormitorio de la joven dama.

—Campanilla —espetó—, si no te levantas y te vistes inmediatamente abriré las cortinas, y todos te veremos en *negligé*.

Esto le hizo saltar al suelo.

—¿Quién dijo que no me iba a levantar? —exclamó.

Mientras tanto los niños miraban muy tristes a Wendy, ahora equipada para el viaje con John y Michael. Para entonces tenían el ánimo por los suelos, no solo porque estaban a punto de perderla, sino también porque sentían que se iba a algún lugar lindo al que ellos no habían sido invitados. Les gustaban las novedades, como de costumbre.

Creyendo que tenían sentimientos más nobles, Wendy se derritió.

—Queridos —dijo—, si quieren venir todos conmigo estoy casi segura de que puedo lograr que mi padre y mi madre les adopten.

La invitación iba dirigida especialmente a Peter, pero cada uno de los niños estaba pensando exclusivamente en sí mismo, y al momento dieron saltos de alegría.

—Pero ¿no pensarán que somos un montón? —preguntó Avispado en medio de un salto.

—Oh, no —dijo Wendy, buscando rápidamente una solución—, sólo tendrán que poner algunas camas en el salón, y las pueden esconder detrás de las cortinas los días de visita.

—Peter, ¿podemos ir? —exclamaron todos en tono de súplica.

Daban por sentado que si se iban él también iría, pero la verdad es que poco les importaba. Así es como los niños siempre están dispuestos, cuando se presenta una novedad, a desertar a sus seres más queridos.

—Todo en orden —replicó Peter con una sonrisa amarga, e inmediatamente corrieron a buscar sus cosas.

—Y ahora, Peter —dijo Wendy, pensando que había puesto todo en orden—, voy a darte tu medicina antes de que te vayas.

Le encantaba darles medicinas, y sin duda les daba demasiadas. Naturalmente que solo era agua, pero la sacaba de una calabaza, y siempre la agitaba y contaba las gotas, lo cual le daba una cierta calidad medicinal. En esta ocasión, sin embargo, no le dio su trago a Peter, pues justo cuando lo hubo preparado, vio una mirada en su cara que hizo que su corazón se le hundiera en el pecho.

—Recoge tus cosas, Peter —exclamó, temblando.

—No —contestó él, fingiendo indiferencia—. No voy con ustedes, Wendy.

—Sí, Peter.

—No.

Para mostrarle que su partida le dejaría indiferente, se puso a saltar por la habitación, tocando alegremente su cruel flautín. Tuvo que correr tras él, aunque era bastante indecoroso.

—A encontrar a tu madre —quiso persuadirle.

Pero resúlta que si Peter alguna vez tuvo madre, ya no la echaba de menos. Podía estar muy bien sin ella. Se había cansado de pensar en ellas, y solo recordaba las partes malas.

—No, no —le dijo a Wendy con decisión—. Tal vez dijera que soy viejo, y yo solo quiero ser siempre un niño pequeño y divertirme.

—Pero, Peter...

—No.

Y hubo que decírselo a los otros.

—Peter no viene.

¡Peter no venía! Le miraron atónitos, con sus palos sobre la espalda, y en cada palo un fardo. Su primer pensamiento es que si Peter no iba tal vez se había arrepentido de dejarles ir a ellos.

Pero él tenía demasiado orgullo como para hacer eso.

—Si encuentran a sus madres —dijo lúgubremente— espero que les gusten.

El espantoso cinismo de esto les dio una impresión desagradable, y la mayoría de ellos empezaron a parecer algo dudosos. Después de todo, decían sus caras, ¿no era acaso una bobada quererse marchar?

—Bien pues —gritó Peter—, nada de alboroto, nada de lloriqueos: adiós, Wendy —y extendió su mano con alegría, como si ya fuera hora de que se fueran, pues él tenía algo importante que hacer.

Ella tuvo que darle la mano, y no hubo indicación alguna de que fuera a preferir un dedal.

—Te acordarás de cambiarte de ropa interior, ¿verdad, Peter? —dijo, demorándose. Siempre era muy puntillosa en cuanto a la ropa interior.

—Sí.

—¿Y te tomarás la medicina?

—Sí.

Eso parecía ser todo, y hubo una incómoda pausa a continuación. Peter, sin embargo, no era de esos que perdieran la compostura delante de la gente.

—¿Estás lista, Campanilla? —preguntó, alzando la voz.

—Sí, señor.

—Entonces ponte a la cabeza.

Campanilla subió como una flecha por el árbol más cercano, pero nadie la siguió, porque fue en este momento que los piratas realizaron su terrible ataque sobre los pieles rojas. Arriba, donde todo había estado tan tranquilo, el aire se llenó de chillidos y golpes de acero. Abajo, había un silencio sepulcral. Las bocas se abrieron y se quedaron abiertas. Wendy cayó de rodillas, pero sus brazos estaban extendidos hacia Peter. Todos los brazos estaban extendidos hacia él, como si un viento soplara de pronto en su dirección: todos le rogaban sin palabras que no los abandonara. En cuanto a Peter, echó mano de su espada, la misma con la que pensaba que había matado a Barbacoa, y el deseo de luchar estaba en sus ojos.

12

Se llevan a los niños

E L ATAQUE PIRATA había sido una completa sorpresa: justa prueba de que el inescrupuloso de Garfio lo había conducido indebidamente, pues sorprender a un indio está por encima de la inteligencia de un hombre blanco.

Según todas las leyes no escritas de la guerra salvaje, es siempre el piel roja quien ataca, y con la astucia de su raza lo hace justo antes del amanecer, momento en el cual sabe que el coraje de los blancos está en su momento más bajo. El hombre blanco, entre tanto, ha construido una basta empalizada en la cima de una ondulación, al pie de la cual corra un arroyo, porque estar demasiado lejos del agua implica una destrucción segura. Allí aguardan el ataque, los menos experimentados aferrados a sus revólveres y pisando ramitas, mientras los más mayores duermen tranquilamente hasta justo antes del amanecer. Durante la larga noche negra los exploradores salvajes serpentean entre la hierba sin mover una brizna. La maleza se cierra tras ellos, tan silenciosamente como la arena en la que se ha introducido un topo. No se oye un solo sonido, salvo cuando sueltan una maravillosa imitación de la solitaria llamada del coyote. El grito es contestado por otros valientes, y algunos de ellos lo hacen incluso mejor que los coyotes, a quienes no se les da muy bien. Así pasan las horas frías, y el largo suspenso es terriblemente duro para el carapálida que tiene que vivirlo por primera vez, pero para la mano experta aquellos espantosos gritos y todavía más espantosos silencios son un indicio de cómo anda la noche.

Garfio sabía tan bien que este era el procedimiento habitual que al hacer caso omiso de él no se le puede excusar alegando ignorancia.

Los Piccaninnis, por su parte, confiaban implícitamente en el honor de él, y todo lo que hicieron esa noche resalta con un señalado contraste.

Todo lo que ellos hicieron concordaba con la reputación de su tribu. Con esos sentidos siempre alerta que son a la vez maravilla y desesperación de las gentes civilizadas, supieron que los piratas estaban en la isla desde el momento en que uno de ellos pisó una rama seca, y en un espacio de tiempo increíblemente corto comenzaron los aullidos de coyote. Los valientes examinaron a hurtadillas hasta el último palmo de terreno entre el lugar donde Garfio había desembarcado con sus valientes y el hogar bajo los árboles, llevando sus mocasines con el talón hacia delante. Tan solo encontraron un montículo con un arroyuelo al pie, de modo que Garfio no tenía opción: aquí era donde debía establecerse y esperar hasta justo antes del amanecer. Teniendo todo planificado así, con astucia casi diabólica, los del cuerpo principal de los pieles rojas se envolvieron en sus mantas, y con el carácter flemático que es propio de ellos, la flor de los hombres se quedaron en cuclillas sobre el hogar de los niños, esperando el frío momento en que se las verían con la pálida muerte.

Soñando así, aunque totalmente despiertos, con las exquisitas torturas que infligirían al romper el día, aquellos confiados salvajes fueron encontrados por el traicionero Garfio. A juzgar por los relatos que aportaron cada uno de los exploradores que escaparon de la matanza, no parece que ni siquiera se detuviera en el montículo, aunque es cierto que en esa luz grisácea lo tiene que haber visto: no parece que haya siquiera pasado por su mente sutil la idea de esperar hasta ser atacado: ni siquiera quiso esperar hasta que hubiera pasado la mayor parte de la noche: siguió adelante sin ningún otro plan que atacar. ¿Qué podían hacer los desconcertados exploradores indios, maestros como eran de todo artificio de guerra exceptuando este, sino trotar indefensos tras él, exponiéndose fatalmente, mientras proferían patéticamente gritos de coyote?

Alrededor de la valiente Tigrilla había una docena de sus más robustos guerreros, y súbitamente vieron a los pérfidos piratas aniquilándoles. Entonces se les cayó de los ojos el velo a través del cual habían contemplado la victoria. Ya no podrían hacer torturas en la estaca. Ahora se dirigirían a las felices tierras de caza. Lo sabían, pero se desenvolvieron como dignos hijos de sus padres. Incluso entonces hubieran tenido tiempo de reunirse en una falange que habría sido difícil de romper de haberse alzado rápidamente, pero esto les estaba prohibido por las tradiciones de su raza. Está escrito que el noble salvaje nunca debe expresar sorpresa en presencia del blanco. Así, a pesar de lo terrible que les debe de haber resultado la súbita aparición de los piratas, permanecieron impávidos durante un momento, sin mover un músculo, como si el enemigo hubiera venido por invitación. Entonces, ciertamente, la tradición prevaleció con gallardía, tomaron sus armas, y el aire se llenó de gritos de guerra, pero ahora era demasiado tarde.

No es tarea nuestra describir lo que fue una masacre más que una lucha. Así perecieron muchos de la flor y nata de la tribu Piccaninny. No murieron todos sin ser vengados, porque con Lobo Flaco cayó Alf Mason, que ya no causaría más disturbios en la cuenca del Caribe. Y entre otros que mordieron el polvo estaban Geo. Scourie, Chas. Turley y el alsaciano Foggerty. Turley cayó bajo el tomahawk del terrible Pantera, quien finalmente consiguió cruzar la línea pirata con Tigrilla y un pequeño remanente de la tribu.

Es tarea del historiador decidir hasta qué punto hay que echarle la culpa a Garfio por sus tácticas en esta ocasión. Si hubiera esperado sobre la colina hasta la hora convenida él y sus hombres probablemente hubieran sido masacrados, y para juzgarle en justicia hay que tener esto en cuenta. Lo que tal vez debería haber hecho era informar a sus oponentes que pensaba seguir un nuevo método. Por otra parte, esto, al destruir el elemento sorpresa, hubiera hecho que su estrategia fuera en vano, así que todo este asunto está plagado de dificultades. Lo que no podemos negar es una cierta admiración reticente por el genio que concibiera tan arriesgado plan, y la pérfida genialidad con la que fue llevado a cabo.

¿Cuáles eran sus propios sentimientos sobre sí mismo en ese momento triunfante? De buen grado lo quisieran haber sabido sus perros, cuando se reunieron a una discreta distancia de su garfio, respirando pesadamente y limpiando sus alfanjes, mirando a este hombre extraordinario con sus ojos de hurón entrecerrados. La euforia debe de haber estado en su corazón, pero su cara no la reflejaba: siendo siempre un oscuro y solitario enigma, se encontraba distante de sus seguidores tanto en espíritu como en sustancia.

La labor de esa noche no había terminado, porque no eran los pieles rojas quienes él había venido a destruir: no eran sino las abejas que había que humear para poder llegar hasta la miel. Era a Pan a quien quería: a Pan y a Wendy y a su banda, pero principalmente a Pan.

Peter era un niño tan pequeño que uno tiende a sorprenderse por el odio que ese hombre le tenía. Cierto que había tirado el brazo de Garfio al cocodrilo, pero incluso esto y la mayor inseguridad de vida que esto causó (por la pertinacia del cocodrilo) apenas podía explicar un afán de venganza tan despiadado y maligno. Lo cierto es que había algo en Peter que ponía frenético al capitán pirata. No era su coraje, no era su aspecto encantador, no era... No nos andemos con rodeos, pues sabemos muy bien lo que era, y lo tenemos que decir. Era la petulancia de Peter.

Esto sacaba a Garfio de quicio, le daba un tic nervioso a su garra de acero, y por las noches lo molestaba como un insecto. Mientras Peter viviera, este hombre torturado sentía que era un león en una jaula en la que había entrado un gorrión.

La pregunta era cómo bajar por los árboles, o cómo hacer que sus perros bajaran. Paseó por ellos sus ojos codiciosos, buscando a los más delgados. Se revolvieron incómodos, porque sabían que no vacilaría en hacerlos bajar empujándolos con un palo.

Mientras tanto, ¿qué pasaba con los niños? Les hemos visto al primer golpe de las armas, como convertidos en estatuas de piedra, con la boca abierta, todos suplicando a Peter con los brazos extendidos, y volvemos a ellos cuando cierran sus bocas y sus brazos les caen a los costados. El pandemonio de arriba cesó casi tan rápidamente como surgió, pasó como un fiero golpe de viento, pero sabían que al pasar había determinado su destino.

¿Qué lado había ganado?

Los piratas, escuchando ávidamente en las aberturas de los árboles, escucharon la pregunta formulada por todos los niños, y, ay, también escucharon la respuesta de Peter.

—Si ganaron los pieles rojas —dijo—, golpearán el tam-tam, esa es siempre su señal de victoria.

Resulta que Smee había encontrado el tam-tam, y en este momento estaba sentado sobre él.

—Nunca escucharán el tam-tam otra vez —musitó, pero inaudiblemente por supuesto, porque habían impuesto un silencio estricto. Para su gran asombro Garfio le hizo señas de que golpeara el tam-tam, y lentamente Smee comprendió la terrible perversidad de la orden. Nunca, probablemente, había este hombre simple admirado tanto a Garfio.

Dos veces golpeó Smee el instrumento, y luego se detuvo para escuchar alegremente.

—¡El tam-tam! —escucharon los bellacos gritar a Peter—. ¡Una victoria india!

Los niños condenados contestaron con un vitoreo que fue música para los negros corazones de arriba, y casi de inmediato repitieron sus adioses a Peter. Esto desconcertó a los piratas, pero todo otro sentimiento fue engullido por el abyecto deleite de que los enemigos estaban a punto de subir por los árboles. Se sonrieron con complicidad y se frotaron las manos. Rápida y silenciosamente Garfio dio las órdenes: un hombre en cada árbol, y los otros se colocaron en hilera a dos metros de distancia.

· · · · * · · * · · * · ·

13

¿Creen en las hadas?

CUANTO ANTES TERMINEMOS con este horror, mejor. El primero en emerger de su árbol fue Rizos. Salió de él y cayó en brazos de Cecco, quien se lo tiró a Smee, quien se lo tiró a Starkey, quien se lo tiró a Bill Jukes, quien se lo tiró a Noodler, de modo que se lo pasaron de unos a otros hasta que cayó a los pies del pirata negro. Todos los niños fueron arrancados de sus árboles de esta manera despiadada, y varios de ellos estaban en el aire al mismo tiempo, como fardos de mercancía lanzados de mano en mano.

Habían acordado un tratamiento diferente para Wendy, que fue la última en salir. Con irónica cortesía Garfio se sacó el sombrero, y, ofreciéndole su brazo, la escoltó al lugar donde los otros estaban siendo amordazados. Lo hizo con tal donaire, era tan terriblemente *distingué*[1], que ella estaba demasiado fascinada como para gritar. Tan solo era una niña pequeña.

Tal vez sea de soplones divulgar que por un momento Garfio la dejó extasiada, y solo la acusamos porque su desliz condujo a extraños resultados. Si ella se hubiera soltado con altivez (y nos hubiera encantado escribir esto sobre ella), probablemente hubiera sido arrojada por el aire como los otros, y entonces Garfio probablemente no hubiera estado presente cuando ataron a los niños, y si no hubiera presenciado la atadura no habría descubierto el secreto de Menudo, y sin el secreto no hubiera realizado de inmediato su vil atentado contra la vida de Peter.

Los ataron para evitar que se fueran volado, doblados en dos con las rodillas cerca de las orejas, y para amarrarlos el pirata negro había cortado una soga en nueve pedazos iguales. Todo fue bien hasta que llegó el turno de Menudo, y vieron que era como esos paquetes

[1]Distinguido (en francés en el original)

irritantes que se gastan todo el cordel a su alrededor y no dejan un extremo con el que hacer un nudo. Los piratas lo patearon en su rabia, igual que uno patea el paquete (aunque para ser justo habría que patear la cuerda), y es extraño decir que fue Garfio quien les hizo refrenar su violencia. Tenía una mueca de malicioso triunfo. Mientras que sus perros se limitaban a sudar porque cada vez que intentaban ajustarle las cuerdas al infeliz muchacho por un lado les sobresalía por otro, la mente genial de Garfio había ido mucho más allá que la superficie de Menudo, buscando causas y no efectos, y su exultación demostró que las había encontrado. Menudo, blanco hasta las agallas, supo que Garfio había dado con su secreto, que era este: que ningún niño tan inflado podía usar un árbol donde se hubiera quedado atascado un hombre de tamaño medio. Pobre Menudo, ahora el más miserable de todos los niños, porque tenía pánico por Peter, lamentando amargamente lo que había hecho. Locamente aficionado a beber agua cuando tenía calor, se había hinchado por ello hasta su actual circunferencia, y en lugar de reducirse para caber en su árbol había ahuecado su árbol, ocultándoselo a los otros, para que se adaptara a él. Garfio adivinó lo suficiente como para persuadirse de que Peter por fin estaba a su merced, pero ni una palabra de los oscuros designios que ahora se formaban en las cavernas subterráneas de su mente llegaron a sus labios: se limitó a señalar que los cautivos debían ser conducidos a la nave, y que él se quedaría solo.

¿Cómo los iban a conducir? Así encorvados y atados con cuerdas podían ciertamente bajarlos rodando como a barriles, pero la mayor parte del camino pasaba por una ciénaga. De nuevo el genio de Garfio sobrepasó las dificultades. Indicó que habrían de usar la casita como medio de transporte. Tiraron a los niños dentro de ella, cuatro fuertes piratas la izaron sobre sus hombros, los otros iban detrás, y cantando esa odiosa canción pirata la extraña procesión emprendió su marcha por el bosque. No sé si alguno de los niños estaba llorando, de ser así, la canción ahogó el sonido, pero al desaparecer la casita dentro del bosque, un valiente aunque diminuto chorro de humo salió por la chimenea, como desafiando a Garfio.

Garfio lo vio, y esto no fue bueno para Peter. Secó cualquier gota de piedad por él que pudiera quedar en el furioso pecho del pirata.

Lo primero que hizo al encontrarse solo en la noche que se aproximaba raudamente fue dirigirse de puntillas hasta el árbol de Menudo, y asegurarse de que le proporcionaba un pasadizo. Luego se quedó cavilando largo tiempo, con su sombrero de mal agüero sobre el césped, para que una suave brisa que se había levantado pudiera pasar por sus cabellos, refrescándole. Negros como eran sus pensamientos, sus ojos azules eran tan suaves como la vincapervinca. Atentamente intentó escuchar algún sonido proveniente del mundo subterráneo, pero todo estaba silencioso tanto abajo como arriba: la casa subterránea parecía ser simplemente una casa vacía en medio del bosque. ¿Estaba dormido el niño, o estaba esperando al pie del árbol de Menudo, con la daga en la mano?

No había modo de saberlo, salvo bajando. Garfio dejó que su capa cayera suavemente al suelo, y luego, mordiéndose los labios hasta que una lasciva sangre brotó de ellos, se metió en el árbol. Era un hombre valiente, pero por un momento tuvo que detenerse allí y secarse la frente, que estaba goteando como una vela. Luego, silenciosamente, se dejó caer hacia lo desconocido.

Aterrizó sin problemas al pie del árbol, y volvió a quedarse quieto, recuperando el aliento, que casi lo había abandonado. Cuando sus ojos se acostumbraron a la tenue luz varios objetos en el hogar bajo los árboles tomaron forma: pero el único en el que se detuvo su codiciosa mirada, largamente buscado y finalmente encontrado, fue la cama grande. Sobre la cama yacía Peter, profundamente dormido.

Ignorando la tragedia que había tenido lugar arriba, Peter había seguido tocando alegremente la flauta durante cierto tiempo después de que se fueran los niños: sin duda un intento bastante vano de demostrarse a sí mismo que no le importaba. Luego decidió no tomarse la medicina, para apenar a Wendy. Seguidamente se acostó en la cama sobre el cobertor, para irritarla todavía más, pues ella siempre los había arropado debajo de él, porque nunca se sabe si se va a tener frío durante el transcurso de la noche. Estuvo a punto de llorar, pero se dio cuenta de lo indignada que ella se pondría si se reía en cambio, de modo que soltó una altiva carcajada y se quedó dormido a la mitad.

A veces, aunque no a menudo, tenía sueños, y eran más dolorosos que los de otros niños. Estaba atrapado en estos sueños durante horas, aunque gemía lastimeramente en ellos. Tenían que ver, creo, con el enigma de su existencia. En esas ocasiones había sido costumbre de Wendy sacarle de la cama y sentarse con él en el regazo, consolándole con un estilo maternal totalmente personal, y cuando se calmaba lo volvía a meter en la cama antes de que se despertara del todo, para que no fuera consciente de la indignidad a la que le había sometido. Pero en esta ocasión se había sumido inmediatamente en un sueño profundo y tranquilo. Un brazo le colgaba sobre el borde de la cama, una pierna estaba arqueada, y la parte incompleta de su risa se había quedado varada en su boca, que estaba abierta, mostrando las pequeñas perlas.

Así de indefenso lo encontró Garfio. Se quedó en silencio al pie del árbol mirando a su enemigo al otro lado de la habitación. ¿No molestó ningún sentimiento de compasión su pecho sombrío? El hombre no era del todo malvado: le encantaban las flores (eso me han dicho) y la buena música (a él mismo no se le daba mal tocar el clavicémbalo), y, admitámoslo francamente, la naturaleza idílica de la escena le conmovió profundamente. Dominado la mejor parte de sí mismo, hubiera vuelto a subir por el árbol a regañadientes, de no ser por una cosa.

Lo que lo detuvo fue el aspecto impertinente de Peter mientras dormía. La boca abierta, el brazo colgando, la pierna arqueada: eran una personificación de engreimiento tal que, en conjunto, nunca volvería, cabría esperar, a presentarse ante ojos tan sensibles a esta ofensa. Esta endureció el corazón de Garfio. Si su rabia lo hubiera hecho romperse en cien pedazos cada uno de ellos hubiera ignorado el incidente y hubiera saltado sobre el durmiente.

Aunque la luz de una lámpara iluminaba débilmente la cama, Garfio en sí estaba en la oscuridad y descubrió un obstáculo al primer paso sigiloso que dio: era la puerta del árbol de Menudo. No tapaba la abertura por completo, y él había estado mirando por encima de ella. Buscando el pasador a tientas encontró furioso que estaba muy abajo, fuera de su alcance. A su mente trastornada le parecía que las cualidades irritantes de la cara y cuerpo de Peter aumentaban visiblemente, y sacudió la puerta y se tiró contra ella. ¿Iba a escaparse su enemigo después de todo?

¿Pero qué era eso? Por el rabillo del ojo había vislumbrado la medicina de Peter colocada en una repisa a su alcance. Enseguida comprendió lo que era, e inmediatamente supo que el durmiente estaba en su poder.

En caso de ser capturado con vida, Garfio siempre llevaba consigo una droga terrible, que él mismo había preparado con todas las cosas mortíferas que habían pasado por sus manos. Las había hervido, convirtiéndolas en un líquido amarillento desconocido para la ciencia, que probablemente fuera el veneno más virulento que existía.

Agregó ahora cinco gotas de él a la taza de Peter. Su mano temblaba, pero era de exultación más que de vergüenza. Al hacerlo evitó mirar al durmiente, pero no por si la compasión lo turbaba, sino tan solo para evitar derrames. Luego lanzó una larga mirada a su víctima, regodeándose, y dando la vuelta subió por el árbol serpenteando con dificultad. Al emerger en lo alto parecía el espíritu del mal personificado saliendo de su agujero. Poniéndose el sombrero en el ángulo que más gracia tenía, se envolvió en su capa, sosteniendo un extremo por delante como si quisiera ocultar su persona a la noche, de la que era la parte más negra, y murmurando para sí cosas extrañas, se escabulló entre los árboles.

Peter siguió durmiendo. La luz parpadeó y se apagó, dejando la vivienda sumida en la oscuridad, pero él siguió durmiendo. No debían de ser menos de las diez según el cocodrilo cuando de pronto se sentó en la cama, despertado por no se qué. Eran unos suaves y cautos golpecitos en la puerta de su árbol.

Suaves y cautos, pero en ese silencio resultaban siniestros. Peter buscó su daga a tientas hasta que dio con ella. Entonces habló.

—¿Quién es?

Durante un rato largo no hubo respuesta: luego llamaron de nuevo.

—¿Quién eres?

No hubo respuesta.

Se estremeció, y le encantaba estremecerse. En dos zancadas llegó a su puerta. A diferencia de la puerta de Menudo, esta tapaba la abertura, de modo que él no podía ver del otro lado, ni tampoco el que llamaba podía verle a él.

—No abriré a no ser que hable —gritó Peter.

Finalmente el visitante habló, con una dulce voz como de campanas.

—Peter, déjame entrar.

Era Campanilla, y él rápidamente le desatrancó la puerta. Ella entró volando con excitación, con la cara roja y el vestido manchado de lodo.

—¿Qué pasa?

—Oh, ¡nunca lo adivinarías! —exclamó, y le dio tres intentos—.

—¡Suéltalo! —gritó él, y en una sola frase gramaticalmente incorrecta, tan larga como las cintas que se sacan de la boca los prestidigitadores, le contó la captura de Wendy y los niños.

El corazón de Peter saltaba como loco al escuchar. Wendy atada, y en el barco pirata: ¡a ella que le gustaba todo justo como es debido!

—¡La rescataré! —exclamó, saltando por sus armas. Al saltar pensó en algo que podía hacer para complacerla. Podía tomarse la medicina.

Su mano se cerró sobre la pócima mortífera.

—¡No! —chilló Campanilla, que había oído cómo Garfio mascullaba algo sobre su hazaña mientras recorría raudamente el bosque.

—¿Por qué no?

—Está envenenada.

—¿Envenenada? ¿Quién la puede haber envenenado?

—Garfio.

—No seas tonta. ¿Cómo podría Garfio haber bajado aquí?

Ay, Campanilla no lo podía explicar, porque ni siquiera ella conocía el oscuro secreto del árbol de Menudo. Sin embargo las palabras de Garfio no habían dejado lugar a dudas. La taza estaba envenenada.

—Aparte —dijo Peter, creyendo en sus palabras por completo— no me quedé dormido en ningún momento.

Levantó la taza. Ya no había tiempo para palabras: había tiempo para hechos, y con uno de sus movimientos como un rayo Campanilla se metió entre sus labios y la poción, y se la bebió hasta el final.

—¡Cómo, Campanilla! ¿Te atreves a tomarte mi medicina?

Pero ella no contestó. Ya se estaba tambaleando en el aire.

—¿Qué pasa contigo? —exclamó Peter, asustándose de pronto.

—Estaba envenenada, Peter —le dijo suavemente—, y pronto estaré muerta.

—Oh, Campanilla, ¿te la bebiste para salvarme?

—Sí.

—Pero ¿por qué, Campanilla?

Sus alas ya casi no la sostenían, pero como respuesta se posó en su hombro y le dio un mordisquito cariñoso en la nariz. Susurró en su oído "Zopenco" y luego, tambaleándose hasta su cámara, se tumbó en la cama.

Su cabeza casi llenaba la cuarta pared de su pequeña habitación cuando se arrodilló cerca de ella, lleno de preocupación. A cada momento su luz se iba volviendo más tenue, y supo que si se apagaba ella dejaría de ser. A ella le gustaban tanto sus lágrimas que extendió su hermoso dedo y dejó que corrieran sobre él.

Su voz era tan débil que al principio no pudo distinguir lo que decía. Luego lo consiguió. Estaba diciendo que pensaba que se podía poner bien de nuevo si los niños creían en las hadas.

Peter extendió los brazos. No había niños allí, y era de noche, pero se dirigió a todos los que pudieran estar soñando con el País de Nunca Jamás, y que por tanto estaban más cerca de él de lo que ustedes creen: niños y niñas en sus camisones, y bebés indios desnudos en sus cestas colgando de los árboles.

—¿Creen en las hadas? —exclamó.

Campanilla se sentó en su cama casi con brusquedad para conocer su suerte.

Le pareció escuchar las respuestas afirmativas, pero luego no estaba segura.

—¿Qué te parece? —le preguntó a Peter.

—Si creen —les gritó— den palmadas. No dejen que Campanilla muera.

Muchos dieron palmadas.

Algunos no.

Unas pocas bestias silbaron.

Las palmadas cesaron de pronto, como si incontables madres hubieran corrido a las habitaciones de sus niños para ver qué demonios estaba sucediendo, pero Campanilla ya estaba a salvo. Primero cobró fuerza su voz, luego saltó de la cama, y estaba centelleando por la habitación más achispada y descarada que nunca. Ni se le ocurrió darle las gracias a los que creyeron, pero sí que le hubiera gustado pegar a los que habían silbado.

—¡Y ahora vamos a rescatar a Wendy!

La luna estaba cabalgando en un cielo lleno de nubes cuando Peter salió de su árbol, ceñido con sus armas y vistiendo poco más, para emprender su arriesgada búsqueda. No era una noche como la que él hubiera escogido. Había esperado volar, manteniéndose a poca distancia del suelo para que nada insólito escapara a sus ojos, pero en aquella luz intermitente haber volado bajo hubiera significado arrastrar su sombra entre los árboles, molestando así a los pájaros y haciendo saber a un enemigo vigilante que estaba en pie.

Ahora lamentó haberle dado a los pájaros de la isla nombres tan extraños que se habían vuelto muy salvajes y difíciles de tratar.

No había otra solución que avanzar al modo indio, a lo cual afortunadamente era un adepto. ¿Pero en qué dirección? Pues no estaba seguro de que los niños hubieran sido llevados al barco. Una leve nevada había borrado todas las huellas, y un silencio mortal había invadido la isla, como si por un momento la Naturaleza estuviera horrorizada por la reciente carnicería. Había enseñado a los niños algo de tradición de los bosques que él a su vez había aprendido de Tigrilla y Campanilla, y sabía que en su hora funesta no era probable que lo hubieran olvidado. Menudo, por ejemplo, si tenía una oportunidad hacía marcas en los árboles, Rizos dejaba caer semillas y Wendy dejaría su pañuelo en algún lugar importante. Había que esperar a la mañana para pedir esa guía, y él no podía esperar. El mundo superior le había llamado, pero no le iba a ayudar.

El cocodrilo pasó junto a él, pero no había otro ser viviente, ni un sonido, ni un movimiento, y sin embargo él sabía perfectamente que podía encontrar una muerte súbita junto al próximo árbol, o acechándole por la espalda.

Hizo este terrible juramento:

—Esta vez o Garfio o yo.

Avanzó deslizándose como una serpiente y luego nuevamente erguido; corría como una flecha cruzando los espacios en los que brillaba la luna, con un dedo sobre los labios y su daga preparada. Estaba terriblemente contento.

El barco pirata

UNA LUZ VERDE BIZQUEANDO sobre el Arroyuelo de Creek, que está cerca de la desembocadura del río pirata, señalaba el emplazamiento del bergantín, el *Jolly Roger*, en aguas bajas: era un navío de líneas aerodinámicas nauseabundo hasta el casco, cada bao era detestable, como un terreno sembrado de plumas destrozadas. Era el caníbal de los mares, y a penas necesitaba ese ojo vigilante, pues flotaba inmune gracias al horror de su nombre.

Estaba envuelto en el manto de la noche, a través del cual no podía llegar a la costa ningún sonido suyo. Había pocos sonidos, y ninguno era agradable, salvo el zumbido de la máquina de coser del barco ante la cual estaba sentado Smee, siempre industrioso y servicial, la esencia del banal y patético Smee. No sé por qué era tan infinitamente patético, salvo que fuera justamente porque él mismo lo ignoraba tan patéticamente, pero incluso hombres fuertes tenían que girarse rápidamente cuando le miraban, y más de una vez en veladas de verano había tocado la fuente de las lágrimas de Garfio y la había hecho manar. De esto, como de casi todo lo demás, Smee era del todo inconsciente.

Algunos de los piratas estaban inclinados sobre los macarrones[1], bebiendo de las miasmas de la noche; otros estaban tumbados junto a barriles jugando a los dados y a las cartas, y los cuatro exhaustos que habían transportado la casita estaba tendidos boca abajo en la cubierta, donde aún en sueños rodaban hábilmente a uno u otro lado para salirse fuera del alcance de Garfio, no fuera a ser que los desgarrara mecánicamente al pasar.

Garfio se paseaba pensativo por la cubierta. Qué hombre tan insondable. Era su momento de triunfo. Peter había sido eliminado

[1]Extremo de las cuadernas que sale fuera de las bordas del buque.

para siempre de su camino, y todos los otros niños estaban en el bergantín, a punto de pasear la tabla. Era su hazaña más siniestra desde los días en que había puesto en vereda a Barbacoa, y sabiendo como sabemos qué tabernáculo de vanidad es el hombre, ¿podríamos sorprendernos de que ahora caminara inestable por la cubierta, hinchado por los vientos de su éxito?

Pero no había euforia en su modo de andar, que mantenía el ritmo de los actos de su mente sombría. Garfio estaba profundamente abatido.

A menudo estaba así cuando se encontraba a solas a bordo en la quietud de la noche. Era porque estaba tan terriblemente solo. Este hombre inescrutable nunca se sentía más solo que cuando estaba rodeado por sus perros. Eran socialmente inferiores a él.

Garfio no era su verdadero nombre. Revelar quién era en realidad, incluso ahora, pondría al país de cabeza, pero los que leen entre líneas ya lo tienen que haber adivinado. Había ido a una famosa escuela privada, y todavía sus tradiciones lo cubrían como ropajes, con los cuales ciertamente tienen mucho que ver. Por eso le resultaba ofensivo aún ahora subir a un barco con el mismo atuendo con el que lo había capturado, y todavía conservaba en su manera de andar el distinguido aire del colegio. Pero sobre todo conservaba la pasión por la buena educación.

¡Buena educación! Por más que se degenerara, todavía sabía que esto es todo lo que verdaderamente importa.

Escuchaba desde las profundidades de su ser un crujido como de portales oxidados, y a través de ellos se oía un severo golpeteo, como martillazos en la noche cuando uno no puede dormir.

—¿Te has comportado con buena educación hoy? —era su eterna pregunta.

—La fama, la fama, ese cetro rutilante, es mía —exclamaba.

—¿Acaso es de buena educación distinguirse en algo? —contestaba el golpeteo de su escuela.

—Soy el único hombre a quien temía Barbacoa —argüía él— e incluso Flint temía a Barbacoa.

—Barbacoa, Flint… ¿de qué casa son?[1] —era la cortante respuesta.

La más inquietante reflexión de todas: ¿no era de mala educación pensar en la buena educación?

Sus tripas le torturaban con este problema. Era una garra dentro de él más afilada que la de hierro, y cuando le desgarraba, la transpiración goteaba por su semblante de sebo y chorreaba por jubón. A menudo se pasaba la manga por la cara, pero no había manera de contener ese goteo.

Ah, no envidien a Garfio.

Le vino un presentimiento de su pronto final. Era como si el terrible juramente de Peter hubiera subido a bordo. Garfio sintió un lúgubre deseo de hacer su discurso de muerte, por si acaso pronto no hubiera tiempo para hacerlo.

—¡Hubiera sido mejor para Garfio —exclamó— si hubiera tenido menos ambición!

Era tan solo en sus horas más oscuras que se refería a sí mismo en tercera persona.

—¡No hay niños pequeños que me quieran!

Curioso que pensara en esto, que nunca le había preocupado antes; tal vez la máquina de coser se lo trajera a la mente. Durante largo tiempo musitó para sí mismo, con la mirada fija en Smee, que estaba haciendo dobladillos plácidamente, con la convicción de que todos los niños le temían.

¡Le temían! ¿Temer a Smee? No había ningún niño a bordo del bergantín que no le amara ya. Les había dicho cosas horrendas y les había golpeado con la palma de la mano, porque no podía golpear con el puño, pero sólo se habían apegado más a él. Michael se había probado sus gafas.

¡Decirle al pobre Smee que pensaban que era adorable! Garfio se moría por hacerlo, pero le pareció demasiado cruel. En cambio, le daba vueltas a este misterio en su mente: "¿Por qué les parecía Smee adorable?". Investigó el problema como el sabueso que era. Si Smee era adorable, ¿qué era lo que le hacía serlo? De pronto se le presentó una terrible respuesta: "¿Buena educación?".

---

[1] En los colegios de Inglaterra los alumnos son distribuidos en "casas", cuyo honor deben defender.

¿Tenía el contramaestre buena educación sin saberlo, lo cual es la mejor educación de todas?

Recordó que hay que demostrar que no sabes que la tienes para poder ser elegible para el Pop[1]. Con un grito de rabia levantó su mano de hierro sobre la cabeza de Smee, pero no rasgó. Lo que le detuvo fue esta reflexión:

"Desgarrar a un hombre porque tiene buena educación, ¿qué sería eso? ¡Mala educación!".

El infeliz Garfio se sentía tan impotente como abatido, y se cayó de bruces como una flor cortada.

Al pensar sus perros que iba a estar fuera de circulación durante cierto tiempo, la disciplina se relajó instantáneamente, y rompieron a bailar de un modo bacanal, lo cual lo puso en pie de inmediato. Había desaparecido todo trazo de debilidad humana, como si le hubieran tirado un balde de agua por encima.

—Silencio, patanes —exclamó—, o les tiraré el ancla —y al momento el barullo se calmó—. ¿Están encadenados todos los niños, para que no puedan salir volando?

—Sí, señor.

—Entonces tráiganlos.

Los miserables prisioneros fueron arrastrados desde la bodega, todos menos Wendy, y colocados en fila ante él. Durante un tiempo pareció no notar su presencia. Estuvo paseando a su aire, tarareando melodiosamente fragmentos de una ruda canción y jugueteando con un mazo de cartas. De cuando en cuando el fuego de su cigarro le daba un toque de color a su cara.

—Bien pues, matones —dijo bruscamente—, seis de ustedes pasearán la tabla esta noche, pero tengo lugar para dos grumetes. ¿Quiénes de ustedes van a ser?

—No le irriten sin necesidad —habían sido las instrucciones de Wendy en la bodega, de modo que Lelo dio un paso adelante cortésmente. Lelo odiaba la idea de estar al servicio de un hombre así, pero un instinto le dijo que sería prudente atribuirle la responsabilidad a una persona ausente, y aunque era un niño algo tonto, sabía que sólo las

---

[1] Prestigioso club social fundado en 1811 en Eton, un famoso y elitista colegio británico.

madres están siempre dispuestas a hacer de parachoques. Todos los niños saben esto de las madres, y las desprecian por ello, pero siempre lo usan.

De modo que Lelo explicó prudentemente:

—Verá usted, señor, no creo que a mi madre le gustara que yo fuera un pirata. ¿Le gustaría a tu madre que fueras un pirata, Menudo?

Le hizo un guiño a Menudo, quien dijo apesadumbrado:

—No lo creo —como si deseara que las cosas fueran de otro modo—. ¿Le gustaría a tu madre que fueras un pirata, Gemelo?

—No lo creo —dijo el primer Gemelo, tan listo como los otros—. Avispado, le gustaría…

—Basta de charlas —rugió Garfio, y los portavoces fueron arrastrados a su lugar—. Tú, niño —dijo, dirigiéndose a John—, tienes aspecto de tener algo de agallas. ¿Nunca quisiste ser un pirata, mi valiente?

Resulta que John a veces había experimentado este anhelo en la clase de matemáticas, y le llamó la atención que Garfio le escogiera.

—Una vez pensé en llamarme Jack Mano Roja —dijo tímidamente.

—Es un buen nombre. Así te llamaremos aquí, matón, si te unes a nosotros.

—¿Qué piensas, Michael? —preguntó John.

—¿Cómo me llamarían a mí si me uno a ustedes? —inquirió Michael.

—Joe Barbanegra.

Michael quedó impresionado, naturalmente.

—¿Qué piensas, John? —Quería que John decidiera, y John quería que fuera él quien decidiera.

—¿Seguiremos siendo respetuosos súbditos del Rey? —preguntó John.

Garfio masculló la respuesta:

—Tendrían que jurar "Abajo el Rey".

Tal vez John no se había portado muy bien hasta ahora, pero en este momento brilló.

—Entonces me niego —gritó, golpeando el barril que Garfio tenía delante.

—Y yo me niego —gritó Michael.

—¡Viva Inglaterra! —chilló Rizos.

Los enfurecidos piratas les abofetearon en la boca, y Garfio rugió:

—Eso sella vuestra suerte. Traigan a su madre. Preparen la plancha.

Solo eran niños, y se pusieron blancos cuando vieron a Jukes y a Cecco preparando la funesta plancha. Pero intentaron parecer valientes cuando Wendy fue traída a cubierta.

Ninguna de mis palabras os puede decir cómo despreciaba Wendy a esos piratas. Para los niños había al menos algo de glamour en el nombramiento como pirata, pero todo lo que ella veía era que el barco no había sido fregado en años. No había un solo ojo de buey en cuyo sucio cristal no se pudiera escribir con el dedo "Bicho mugriento", y ella ya lo había hecho en varios. Pero al rodearla los niños no tuvo otro pensamiento, por supuesto, que no fuera para ellos.

—Bien, hermosa mía —dijo Garfio, todo acaramelado—, vas a presenciar como tus niños pasean la tabla.

Aunque era un caballero elegante, la intensidad de sus cavilaciones había ensuciado su gorguera, y súbitamente supo que ella la estaba mirando. Con un gesto apresurado intentó esconderla, pero era demasiado tarde.

—¿Van a morir? —preguntó Wendy, con una mirada de tan majestuoso desdén que él casi se desmayó.

—Sí —gruñó—. Silencio todos —dijo en voz alta, regodeándose—, escuchemos las últimas palabras de una madre a sus niños.

En este momento Wendy estuvo grandiosa.

—Estas son mis últimas palabras, queridos niños —dijo con firmeza—. Siento que tengo un mensaje para ustedes de sus verdaderas madres, y es este: "Esperamos que nuestros hijos mueran como caballeros ingleses".

Hasta los piratas quedaron sobrecogidos, y Lelo gritó histérico:

—Voy a hacer lo que mi madre espera de mí. ¿Y tú qué harás, Avispado?

—Lo que mi madre espera de mí. ¿Y tú qué harás, Gemelo?

—Lo que mi madre espera de mí. John, ¿y tú...

Pero Garfio había recuperado la voz.

—¡Átenla! —vociferó.

Fue Smee quien la ató al mástil.

—Escucha, cariño —susurró—: te salvaré si prometes ser mi madre.

Pero no le haría un promesa así ni siquiera a Smee.

—Casi preferiría no tener ningún hijo —dijo con desdén.

Es triste decir que ninguno de los niños estaba mirándola cuando Smee la ató al mástil: todos sus ojos estaban en la plancha, el último paseíto que iban a dar. Ya no podían tener la esperanza de caminar por ella con hombría, porque habían perdido la capacidad de pensar: tan solo podían mirarla y temblar.

Garfio sonrió con los dientes cerrados, y dio un paso hacia Wendy. Su intención era girar su cara para que viera a los niños pasear la plancha uno a uno. Pero nunca llegó hasta ella, nunca escuchó el grito de angustia que esperaba sacar de ella. En cambio escuchó otra cosa.

Era el terrible tic-tac del cocodrilo.

Todos lo escucharon: piratas, niños, Wendy; e inmediatamente todas las cabezas giraron la misma dirección: no hacia el agua de donde procedía el sonido, sino hacia Garfio. Todos sabían que lo que estaba a punto de suceder le concernía solamente a él, y que de ser actores de pronto se habían vuelto espectadores.

Daba mucho miedo ver el cambio que le sobrevino. Era como si le hubieran cortado todas las coyunturas. Cayó hecho un montoncito.

El sonido se iba acercando ininterrumpidamente, y adelantándose a él venía este espantoso pensamiento: ¡el cocodrilo estaba a punto de subir al barco!

Incluso la garra de hierro colgaba inactiva, como si supiera que no era una parte intrínseca de lo que buscaba la fuerza atacadora. Dejado tan terriblemente solo, cualquier otro hombre se hubiera quedado acostado con los ojos cerrados en el mismo lugar donde hubiera caído, pero el gigantesco cerebro de Garfio seguía trabajando, y bajo su guía gateó de rodillas por la cubierta, alejándose del sonido tanto como pudo. Los piratas le abrieron camino respetuosamente, y tan solo habló cuando se chocó contra los macarrones.

—¡Escóndanme! —gritó con voz ronca.

Se juntaron rodeándole, todos los ojos apartándose de lo que estaba subiendo a bordo. Ni se les ocurrió luchar contra él. Era el Destino.

Sólo cuando Garfio estuvo oculto de su vista hizo la curiosidad que los niños recobraran la movilidad de sus miembros de modo que pudieran correr hacia el costado del barco para ver subir al cocodrilo. Se llevaron la mayor de las sorpresas en esta Noche de Noches, pues no había venido ningún cocodrilo a ayudarles. Era Peter.

Les hizo señas de que no dieran ningún grito de admiración que pudiera levantar sospechas. Siguió haciendo tic-tac.

. . . .

15

"Esta vez o Garfio o yo"

A TODOS NOS SUCEDEN cosas extrañas durante el curso de nuestra vida sin que nos percatemos por un tiempo de que han sucedido. Así, por poner un ejemplo, de pronto descubrimos que nos hemos quedado sordos de un oído durante vaya usted a saber cuánto tiempo, digamos, media hora. Resulta que esa noche le había sucedido una experiencia de este tipo a Peter. La última vez que le vimos estaba cruzando la isla furtivamente con un dedo sobre los labios y su daga preparada. Había visto pasar al cocodrilo sin notar nada peculiar en él, pero de pronto recordó que no estaba haciendo tic-tac. Primero pensó que esto era raro, pero pronto concluyó correctamente que el reloj se había quedado sin cuerda.

Sin dedicar un pensamiento a cuáles podrían ser los sentimientos de una criatura así privada abruptamente de su más íntimo compañero, Peter inmediatamente consideró cómo podía convertir la catástrofe en algo útil para él, y decidió hacer tic-tac, para que las bestias salvajes creyeran que él era el cocodrilo y le dejaran pasar sin molestarle. Lo imitó de un modo soberbio, pero con un resultado imprevisto. El cocodrilo estaba entre los que oyeron el sonido, y lo siguió, aunque nunca sabremos con certeza si era con el propósito de recuperar lo que había perdido, o simplemente como un amigo, creyendo que era él mismo quien hacía tic-tac, pues, como esclavos de una idea fija, era una bestia estúpida.

Peter alcanzó la costa sin contratiempos, y siguió adelante, y sus piernas se encontraron con el agua como si no fueran en absoluto conscientes de haber penetrado en un nuevo elemento. Muchos animales pasan de la tierra al agua de este modo, pero ningún otro humano del que yo sepa. Mientras nadaba sólo tenía un pensamiento: "Esta vez o Garfio o yo". Había estado haciendo tic-tac durante tanto tiempo que ahora siguió haciéndolo sin darse cuenta de que lo hacía. Si hubiera sido consciente de ello hubiera dejado de hacerlo, pues abordar el bergantín ayudado por el tic-tac, aunque era una idea ingeniosa, no se le había ocurrido.

Por el contrario, pensó que había escalado por su costado tan silencioso como un ratón, y se quedó atónito al ver a los piratas encogiéndose de miedo ante él, con Garfio en medio de ellos con un aspecto tan lamentable como si hubiera oído al cocodrilo.

¡El cocodrilo! Tan pronto Peter lo recordó, escuchó el tic-tac. Primero pensó que el sonido venía del cocodrilo, y miró velozmente detrás de sí. Luego se dio cuenta de que lo estaba haciendo él, y de repente comprendió la situación. "¡Qué listo que soy!" pensó al momento, y le hizo señas a los niños para que no rompieran en aplausos.

Fue en este momento que el intendente Ed Teynte emergió del castillo de proa y cruzó la cubierta. Ahora, lector, cronometra con tu reloj lo que fue ocurriendo. Peter le clavó el puñal con certeza y en profundidad. John apretó sus manos contra la boca del malhadado pirata para ahogar el gemido del moribundo. Se cayó de bruces. Cuatro niños lo agarraron para evitar el ruido del golpe. Peter dio la señal, y la carroña fue tirada por la borda. Hubo un ruido de salpicadura, y luego silencio. ¿Cuánto tiempo ha pasado?

—¡Uno! —(Menudo había empezado a contar).

Rápidamente Peter, de puntillas, desapareció dentro del camarote, pues más de un pirata estaba haciendo acopio de valor para echar un vistazo. Todos podían escuchar la respiración preocupada de los demás, lo cual les demostró que el sonido más terrible había pasado.

—Se ha ido, Capitán —dijo Smee, limpiándose las gafas—. Todo vuelve a estar tranquilo.

Lentamente Garfio dejó que su cabeza emergiera de su gorguera y escuchó con tanta atención que podría haberle llegado el eco del tic. No había un solo sonido, y se irguió firmemente cuan largo era.

—¡Pues a la salud de Johnny Plancha! —gritó descaradamente, odiando a los niños más que nunca porque le habían visto enderezarse. Se pusieron a cantar la vil cancioncita:

Mira qué plancha tenemos.
La muerte hallarás
Paseando a lo largo de ella.
¡Ve con Satanás!

Para aterrorizar a los prisioneros aún más, aunque perdiendo algo de dignidad, bailó por una plancha imaginaria, haciéndoles muecas mientras cantaba, y cuando terminó exclamó:

—¿Quieren unas caricias con el gato[1] antes de pasear la plancha? Ante esto cayeron de rodillas.

—¡No, no! —lloriquearon tan lastimeramente que todos los piratas sonrieron.

—Busca al gato, Jukes —dijo Garfio—: está en el camarote.

¡El camarote! ¡Peter estaba en el camarote! Los niños se miraron.

—Sí, señor —dijo Jukes risueño, y se dirigió a grandes zancadas al camarote. Lo siguieron con los ojos, y casi no se dieron cuenta de que Garfio había reanudado su canción y sus perros se unieron a él:

Jo jo jo, el gato araña,
Tiene nueve colas,
Cuando te marcan la espalda. . .

Nunca sabremos cuál era el último verso, porque de repente la canción fue interrumpida por un terrible alarido proveniente del camarote. El alarido cruzó el barco y se extinguió. Luego se escuchó un cacareo que los niños comprendieron bien, pero que para los piratas era casi más inquietante que el alarido.

—¿Qué fue eso? —exclamó Garfio.

—Dos —dijo Menudo solemnemente.

El italiano Cecco titubeó un momento y luego se metió dentro del camarote. Salió tambaleándose, demacrado.

—¿Qué pasa con Bill Jukes, perro? —dijo Garfio entre dientes, alzándose sobre él.

—Le pasa que está muerto, apuñalado —replicó Cecco con voz hueca.

—¡Bill Jukes está muerto! —exclamaron los asustados piratas.

[1]El "gato de nueve colas" es un tipo de azote, de tiras con nueve nudos.

—El camarote está tan negro como una fosa —dijo Cecco, casi farfullando—, pero hay algo terrible ahí adentro: esa cosa que oyeron cacarear.

Lo exultantes que estaban los niños, las miradas gachas de los piratas, ambas cosas las vio Garfio.

—Cecco —dijo con su voz más férrea—, vuelve y tráeme a ese pajarraco.

Cecco, el más valiente de los valientes, sé irguió ante su capitán, gritando:

—No, no.

Pero Garfio estaba acariciando su garra.

—¿Dijiste que irías, Cecco? —dijo con aire distraído.

Cecco fue, después de agitar los brazos con desesperación. Ya no hubo más cantos, todos estaban escuchando, y de nuevo hubo un alarido mortal y otro cacareo.

Nadie habló excepto Menudo.

—Tres —dijo.

Garfio reunió a sus perros con un gesto.

—Por las barbas de Lucifer —tronó—, ¿quién me va a traer a ese pajarraco?

—Espere hasta que salga Cecco —gruñó Starkey, y los otros se sumaron a él.

—Creo haber oído que te ofrecías voluntario, Starkey —dijo Garfio, acariciando su garra nuevamente.

—¡No, por mil diablos! —exclamó Starkey.

—Mi garfio cree que sí —dijo Garfio, acercándose a él—. Me pregunto si no sería aconsejable, Starkey, seguirle la corriente al garfio.

—Antes colgado que entrar allí —replicó Starkey obstinadamente, y de nuevo tuvo el apoyo de toda la tripulación.

—¿Es esto un motín? —preguntó Garfio con un tono todavía más amable—. ¡Starkey es el cabecilla!

—¡Capitán, piedad! —gimoteó Starkey, temblando entero.

—¿Un apretón de manos, Starkey? —dijo Garfio, tendiéndole la garra.

Starkey miró a su alrededor buscando ayuda, pero todos le

abandonaron. Mientras iba retrocediendo Garfio avanzaba, y ahora tenía el brillo rojo en los ojos. Con un grito desesperado el pirata saltó sobre Tom el Largo y se precipitó en el mar.

—Cuatro —dijo Menudo.

—Y ahora —dijo Garfio con cortesía— ¿algún otro caballero había mencionado la palabra motín?

Apoderándose del farol y alzando su garra con un gesto amenazador dijo:

—Sacaré a ese pajarraco yo mismo —dijo, y entró corriendo en el camarote.

"Cinco". Qué ganas tenía Menudo de decirlo. Se mojó los labios, preparándose, pero Garfio salió tambaleándose, sin el farol.

—Algo apagó la luz —dijo algo vacilante.

—¡Algo! —Mullins le hizo eco.

—¿Qué hay de Cecco? —quiso saber Noodler.

—Está tan muerto como Jukes —dijo Garfio bruscamente.

Su renuencia a volver al camarote le dio mala impresión a todos, y volvieron a oírse sonidos de rebeldía. Todos los piratas son supersticiosos, y Cookson gritó:

—Dicen que el indicio más seguro de que un barco está maldito es que haya uno más a bordo que los que debería haber.

—He oído —musitó Mullins— que siempre termina por abordar las naves piratas. ¿Tenía cola, Capitán?

—Dicen —dijo otro, mirando ferozmente a Garfio— que cuando viene lo hace a imagen del hombre más malvado de a bordo.

—¿Tenía un garfio, Capitán? —preguntó Cookson insolentemente, y uno tras otro se sumaron al griterío "¡El barco está maldito!". Ante esto los niños no pudieron resistir sus vítores. Garfio casi se había olvidado de sus prisioneros, pero al girar a mirarles su cara se volvió a iluminar.

—Muchachos —exclamó a su tripulación— he aquí una idea. Abran la puerta del camarote y métanlos dentro. Que luchen contra el pajarraco por sus vidas. Si lo matan, tanto mejor para nosotros; si él los mata, no hemos perdido nada.

Por última vez los perros admiraron a Garfio, y devotamente hicieron lo que les pedía. Los niños, fingiendo oponer resistencia, fueron metidos a empujones en el camarote y cerraron la puerta tras ellos.

—¡Escuchemos ahora! —gritó Garfio, y todos escucharon. Pero ninguno se atrevía a quedarse mirando la puerta. Sí, una: Wendy, que había estado atada al mástil todo este tiempo. No estaba esperando un grito ni un cacareo sino la reaparición de Peter.

No tuvo que esperar mucho. En el camarote él había encontrado lo que había ido a buscar: la llave que liberaría a los niños de sus grilletes, y ahora todos salieron sigilosamente, armados con lo que pudieron encontrar. Habiéndoles hecho señas de que se escondieran, Peter le cortó las ataduras a Wendy, y luego nada hubiera sido más sencillo que irse todos volando, pero una cosa se los impedía, un juramento: "Esta vez o Garfio o yo". De modo que cuando hubo liberado a Wendy, le susurró que se escondiera con los otros, y él ocupó su lugar junto al mástil, con su capa envolviéndole, para hacerse pasar por ella. Luego respiró hondo y cacareó.

Para los piratas era una voz exclamando que todos los niños yacían muertos en el camarote, y fueron presas del pánico. Garfio intentó alentarles, pero como los perros que había hecho de ellos, le mostraron los colmillos, y supo que si les sacaba los ojos de encima saltarían sobre él.

—Muchachos —dijo, listo para engatusar o atacar según fuera necesario, pero sin temblar un instante—, ya lo tengo. Hay un pájaro de mal agüero a bordo.

—Ya —gruñeron—, un hombre con un garfio.

—No, muchachos, no: es la niña. Nunca hubo suerte en un barco pirata con una mujer a bordo. Todo se arreglará cuando ella ya no esté.

Algunos de ellos recordaron que este había sido un refrán de Flint.

—Vale la pena intentarlo —dijeron dudosos.

—Tiren a la niña por la borda —gritó Garfio, y corrieron hacia la figura con la capa.

—Nadie puede salvarte ahora, nena —dijo Mullins entre dientes con sorna.

—Sí que hay alguien —replicó la figura.

—¿Y quién es?

—¡Peter Pan el vengador! —fue la terrible respuesta, y al hablar Peter se desembarazó de la capa. Entonces todos supieron quién era que había estado acabando con ellos en el camarote. Dos veces Garfio intentó hablar y dos veces no lo consiguió. En ese terrible momento creo que se quebró su fiero corazón.

Finalmente exclamó:

—¡Ábranle en canal! —pero sin convicción.

—¡Abajo, niños, y a ellos! —resonó la voz de Peter, y al momento el choque de las armas estaba resonando por el barco. Si los piratas se hubieran mantenido juntos es seguro que habrían ganado, pero empezaron estando todos esparcidos, y corrían de aquí para allá, golpeando como locos, cada uno pensando que era el último superviviente de la tripulación. Hombre a hombre eran el bando más fuerte, pero solo luchaban a la defensiva, lo cual permitió a los niños cazar en parejas y elegir a su presa. Algunos de los bellacos saltaron al mar, otros se escondieron en rincones oscuros, donde fueron encontrados por Menudo, que no luchaba sino correteaba con un farol con el que iluminaba sus caras, de modo que quedaban medio cegados y eran una presa fácil para las espadas hediondas de los otros niños. Se oían pocos sonidos salvo los golpes metálicos de las armas, un alarido o chapuzón ocasional, y a Menudo contando monótonamente: cinco, seis, siete, ocho, nueve, diez, once.

Creo que todos se habían ido cuando un grupo de niños salvajes rodeó a Garfio, que parecía tener mucha suerte en la vida, y los mantenía a raya en ese círculo de fuego. Habían acabado con sus perros, pero parecía que con este hombre solo no podían entre todos ellos. Una y otra vez arremetieron contra él, y una y otra vez él se hacía lugar alrededor. Había levantado a un niño con su garfio, y lo estaba usando como escudo cuando otro, que acababa de atravesar a Mullins con su espada, saltó a la refriega.

—Guarden sus espadas, niños —exclamó el recién llegado—: este hombre es mío.

Así fue como Garfio se encontró de pronto cara a cara con Peter. Los otros se apartaron y formaron un círculo a su alrededor.

Durante largo rato los dos enemigos se miraron, Garfio estremeciéndose levemente y Peter con esa extraña sonrisa en su cara.

—Bien, Pan —dijo Garfio finalmente—, todo esto es obra tuya.

—Sí, James Garfio —fue la severa respuesta—, es todo obra mía.

—Jovencito orgulloso e insolente —dijo Garfio—, prepárate a enfrentarte a tu sino.

—Hombre oscuro y siniestro —contestó Peter—, ¡en guardia!

Sin mediar más palabras atacaron, y durante un tiempo no llevó ventaja ninguna de las espadas. Peter era un soberbio espadachín, y esquivaba sus golpes con una rapidez deslumbrante; de cuando en cuando realizaba una finta después de una estocada atravesando la defensa de su enemigo, pero su corto alcance le ponía en desventaja, y no podía llegar a clavarle el acero. Garfio, apenas inferior a él en esplendor, pero no tan diestro en el juego de muñeca, le obligaba a retroceder por el peso de su ataque, esperando acabar de pronto con todo mediante uno de sus golpes favoritos, que Barbacoa le había enseñado tiempo atrás en Río, pero para su sorpresa veía cómo su ofensiva era desviada una y otra vez. Luego intentó cerrarle y darle el golpe de gracia con su garfio de hierro, que había estado moviendo en el aire todo este tiempo, pero Peter se dobló bajo él y, embistiendo fieramente, le perforó las costillas. Ante la vista de su propia sangre, cuyo color inusual, como recordarán, le resultaba ofensivo, la espada cayó de la mano de Garfio, y quedó a merced de Peter.

—¡Ahora! —gritaron todos los niños, pero con un gesto magnífico Peter invitó a su oponente a recoger su espada. Garfio lo hizo instantáneamente, pero con un sentimiento trágico de que Peter estaba demostrando buena educación.

Hasta ese momento había pensado que era un demonio quien le atacaba, pero ahora le asaltaron oscuras sospechas.

—Pan, ¿quién y qué eres? —exclamó con voz ronca.

—Soy la juventud, soy la alegría —aventuró Peter—. Soy un pajarito que ha salido del huevo.

Esto, por supuesto, eran tonterías, pero fue una prueba para el infeliz Garfio de que Peter no tenía ni idea de quién o qué era, lo cual es el pináculo mismo de la buena educación.

—Continuemos —gritó con desesperación.

Ahora luchaba como un molino humano, y cada barrida de esa terrible espada hubiera partido en dos a cualquier hombre o niño que estuviera en su camino, pero Peter revoloteaba a su alrededor como si el mismo viento que provocaba le sacara volando de la zona de peligro. Y una y otra vez acometía y le pinchaba.

Garfio estaba luchando ahora sin esperanzas. Ese pecho apasionado ya no pedía vivir, pero ansiaba un favor: ver a Peter demostrar mala educación antes de quedar frío para siempre.

Abandonando la lucha corrió al almacén de la pólvora y le prendió fuego.

—En dos minutos —exclamó— el barco volará en pedazos.

Ahora, ahora, pensó, se verá su mala educación.

Pero Peter salió del almacén de la pólvora con el cartucho en sus manos, y lo tiró tranquilamente por la borda.

¿Qué clase de modales estaba mostrando el propio Garfio? Aunque era un hombre equivocado, podemos alegrarnos, sin simpatizar con él, de que al final fuera fiel a las tradiciones de su estirpe. Los otros niños estaban volando alrededor suyo ahora, desdeñándole, y él se tambaleó por la cubierta lanzándoles estocadas con impotencia. Su mente ya no estaba con él: estaba paseándose por los campos de juego de su juventud tiempo atrás, o siendo llamado al despacho del director para ser elogiado[1], o contemplando el juego desde una famosa pared[2]. Y sus zapatos eran los apropiados, y su chaleco era el apropiado, y su corbata era la apropiada, y sus calcetines eran los apropiados.

James Garfio, figura no completamente desposeída de heroísmo, adiós.

Porque hemos llegado a su último momento.

---

[1] Garfio es llamado al despacho del director, no como castigo sino para recibir alabanzas en privado, probablemente porque en Eton (de rígida disciplina) no era habitual recibir ninguna clase de elogio por parte del director públicamente.
[2] Referencia a un juego de pelota que se practicaba contra un muro, característico de Eton.

Al ver a Peter avanzar contra él lentamente por el aire con la daga en posición, saltó sobre los macarrones para tirarse al mar. No sabía que el cocodrilo le estaba esperando, porque hemos detenido el reloj deliberadamente para evitarle ese conocimiento: una pequeña señal de respeto por nuestra parte en el final.

Tuvo un último triunfo, que pienso que no debemos envidiarle. Al estar sobre el macarrón mirando por encima de su hombro a Peter, que se deslizaba por el aire, le invitó con un gesto a que usara su pie. Hizo que Peter pateara en lugar de apuñalar.

Finalmente Hook había obtenido el favor que ansiaba.

—Mala educación —exclamó con sorna, y se fue satisfecho con el cocodrilo.

Así pereció James Garfio.

—Diecisiete —cantó Menudo, pero no había llevado la cuenta del todo correctamente. Quince pagaron la consecuencia de sus crímenes esa noche, pero dos llegaron a la orilla: Starkey para ser capturado por los pieles rojas, que le hicieron niñero de todos sus bebés, un final melancólico para un pirata, y Smee, que en adelante vagó por el mundo con sus gafas, ganándose la vida con precariedad contando que era el único hombre a quien había temido Jas. Garfio.

Wendy, por supuesto, había permanecido a un lado sin tomar parte en la lucha, aunque observaba a Peter con ojos brillantes, pero ahora que todo había terminado volvió a desempeñar un papel prominente. Los alabó a todos por igual, y se estremeció deliciosamente cuando Michael le mostró el lugar donde había matado a uno, y luego les hizo entrar en el camarote de Garfio y señaló su reloj, que estaba colgado de un clavo. ¡Marcaba la una y media!

Casi lo mejor de todo era lo tardío de la hora. Los metió en la cama en las cuchetas de los piratas con bastante rapidez, pueden estar seguros, a todos salvo a Peter, que se estaba pavoneando de un lado a otro de la cubierta, hasta que al final se quedó dormido al lado de Tom el Largo. Tuvo uno de sus sueños esa noche, y lloró en sueños durante largo tiempo, y Wendy le abrazó fuerte.

· · · · · · · ·

16

La vuelta a casa

PARA CUANDO SONÓ la segunda guardia esa mañana ya estaban todos en pie, pues había marejada, y Lelo, el contramaestre, estaba entre ellos con el extremo de una cuerda en la mano y mascando tabaco. Todos se habían puesto ropas piratas cortadas a la altura de la rodilla, se habían afeitado bien, y subieron, con el genuino balanceo náutico y sosteniéndose los pantalones.

No hace falta decir quién era el capitán. Avispado y John eran el primero y segundo oficial respectivamente. Había una mujer a bordo. El resto eran marineros al cuidado del mástil y vivían en el castillo de proa. Peter ya se había amarrado al timón, pero llamó a todos con el silbato y les dio un pequeño discurso; dijo que esperaba que cumplieran con su obligación como gallardos valientes, pero que sabía que eran la escoria de Río y de la Costa Dorada, y que si le contestaban con brusquedad les haría pedazos. Sus campechanas y estridentes palabras estaban en el tono que comprenden los marineros, y le vitorearon con ganas. Luego se dieron algunas órdenes estrictas, hicieron girar el barco y lo dirigieron hacia tierra firme.

El capitán Pan calculó, después de consultar la carta de navegación del barco, que si tiempo seguía así llegarían a las Azores hacia el 21 de junio, después de lo cual ganarían tiempo volando.

Algunos de ellos querían que fuera un barco honrado y otros estaban a favor de que siguiera siendo pirata, pero el capitán los trataba como a perros y no se atrevían a expresarle sus deseos ni siquiera en colectivo. Una obediencia instantánea era lo único seguro. Menudo se ligó una docena de latigazos por poner cara de perplejidad cuando le dijeron que llevara a cabo un sondeo. El sentimiento general era que Peter era honrado en estos momentos para aquietar las sospechas de

Wendy, pero que podía haber un cambio en cuanto estuviera listo el traje nuevo, que, contra su voluntad, ella le estaba haciendo con algunos de los más pérfidos ropajes de Garfio. Se susurraría después entre ellos que la primera noche que llevó este traje estuvo largo tiempo sentado en el camarote con la boquilla de Garfio en la boca y una mano con el puño cerrado, salvo el dedo índice, que había arqueado y mantenía en alto amenazadoramente como un garfio.

En lugar de contemplar el barco, sin embargo, debemos ahora regresar a aquel hogar desolado del cual tres de nuestros personajes habían huido tan cruelmente hace ya mucho. Parece vergonzoso haber descuidado el número 14 todo este tiempo, y sin embargo podemos estar seguros de que la señora Darling no nos lo reprocha. Si hubiéramos vuelto antes para contemplarla con apenada simpatía probablemente nos hubiera dicho "No sean tontos, ¿qué importo yo? Vuelvan y vigilen a los niños". Mientras las madres sean así sus hijos se aprovecharán de ellas, pueden contar con ello.

Incluso ahora nos aventuramos en aquella conocida habitación de los niños tan solo porque sus legítimos ocupantes están de camino a casa. Tan solo estamos adelantándonos para ver que sus camas estén bien ventiladas y que el señor y la señora Darling no hayan salido esta noche. No somos más que sirvientes. ¿Pero por qué habrían sus camas de estar bien ventiladas, siendo que las dejaron con unas prisas tan poco agradecidas? ¿No les estaría bien empleado si volvieran y se encontraran que sus padres estaban pasando el fin de semana en el campo? Sería una lección moral que han estado necesitando desde que los conocimos, pero si ideáramos las cosas de este modo la señora Darling nunca nos lo perdonaría.

Hay algo que me encantaría hacer, y es decirle a ella, al modo de los autores, que los niños están volviendo, que ciertamente estarán aquí en una semana a partir del jueves. Esto echaría a perder por completo la sorpresa que han estado esperando Wendy, John y Michael con tanta ilusión. La han estado planeando en el barco: el éxtasis de Madre, el grito de gozo de Padre, Nana saltando por el aire para abrazarles primero, cuando lo que deberían es prepararse para una buena zurra.

Qué delicia echarlo todo a perder al darles las noticias por adelantado, para que cuando entraran a lo grande la señora Darling ni siquiera le dejara a Wendy darle un beso, y el señor Darling pudiera exclamar enfurruñado "Caramba, aquí están esos niños de nuevo". Sin embargo, ni siquiera nos darían las gracias por esto. A estas alturas estamos empezando a conocer a la señora Darling, y podemos estar seguros de que nos reprendería por privar a los niños de su pequeño placer.

—Pero, mi querida señora, faltan diez días para ese jueves, así que al decírselo le podemos ahorrar diez días de infelicidad.

—Sí, ¡pero a qué precio! Privando a los niños de diez minutos de placer.

—Bueno, si lo ve usted así.

—¿De qué otro modo lo podría ver?

Como veréis, la mujer no tenía el carácter adecuado. Tenía pensado decir cosas extraordinariamente lindas sobre ella, pero la desprecio, de modo que ahora no diré ninguna de ellas. No hace falta que le digan que tenga todo preparado, porque todo está preparado ya. Todas las camas han sido ventiladas, y nunca deja la casa, y miren: la ventana está abierta. Para lo que le servimos, podríamos volvernos al barco. Sin embargo, ya que estamos aquí podemos quedarnos y seguir mirando. Eso es lo que somos: espectadores. Nadie nos necesita en realidad. Así que miremos y hagamos comentarios mordaces, con la esperanza de que algunos de ellos duelan.

El único cambio que se observa en la habitación de los niños es que entre las nueve y las seis la caseta del perro ya no está allí. Cuando los niños se fueron volando, el señor Darling tuvo la fuerte sensación de que él tenía toda la culpa por haber encadenado a Nana, y que ella había sido siempre más sabia que él. Por supuesto, como hemos visto, él era un hombre muy sencillo; ciertamente podía haber pasado por un niño nuevamente si hubiera podido librarse de su calvicie, pero también tenía un noble sentido de la justicia y el coraje de un león para hacer lo que le parecía correcto, y habiendo pensado cuidadosamente en el asunto con gran preocupación después de la fuga de los niños, se puso en cuatro patas y entró gateando en la caseta.

A todas las dulces invitaciones que le hacía la señora Darling de salir de ella él replicaba tristemente pero con firmeza:

—No, querida, este es mi lugar.

En la amargura de sus remordimientos juró que jamás abandonaría la perrera hasta que volvieran sus niños. Por supuesto que esto era una pena, pero cualquier cosa que hiciera el señor Darling tenía que hacerlo en exceso, de otro modo en seguida desistía. Y nunca hubo un hombre más humilde que el otrora orgulloso George Darling, sentado dentro de la caseta del perro por las tardes conversando con su esposa sobre sus niños y todas sus lindas costumbres.

Su deferencia hacia Nana era muy conmovedora. No le dejaba que entrara en la perrera, pero concedía sin reservas los deseos de ella en todas las otras cosas.

Cada mañana llevaban la caseta con el señor Darling en ella hasta un coche[1] que le transportaba hasta su oficina, y volvía a casa del mismo modo a las seis. Se verá algo de la firmeza de carácter de este hombre si recordamos lo sensible que era ante la opinión de los vecinos: este hombre que ahora llamaba la atención, sorprendiendo con cada uno de sus movimientos. Por dentro debe de haber sufrido una verdadera tortura, pero conservaba la calma externa aún cuando los jóvenes criticaran su pequeño hogar, y siempre se sacaba el sombrero cortésmente cuando una dama miraba adentro.

Puede haber sido quijotesco, pero era magnífico. Pronto se conocieron los motivos internos de su proceder, y se conmovió el gran corazón del público. Había multitudes siguiendo al coche, aclamándolo con fervor; atractivas jovencitas se subían a él para pedirle su autógrafo, aparecían entrevistas en los mejores periódicos, y la alta sociedad lo invitaba a cenar y agregaba "Venga en su perrera".

En ese notable jueves, la señora Darling estaba en la habitación de los niños esperando el regreso de George. Era una mujer de mirada muy triste. Ahora que la miramos de cerca y recordamos la alegría que tenía antaño, desaparecida justamente por haber perdido a sus criaturas, me doy cuenta de que no voy a ser capaz de decir cosas desagradables de ella después de todo. Si le tenía demasiado

[1] Coche de caballos, recordemos la época en que fue escrito el relato.

cariño a esos niños de porquería, no podía evitarlo. Mírenla en su silla, donde se ha quedado dormida. La comisura de su boca, donde uno mira primero, está casi marchita. Mueve la mano sin descanso sobre su pecho como si le doliera. Algunos prefieren a Peter, y otros prefieren a Wendy, pero yo la prefiero a ella. Supongamos, para hacerla feliz, que le susurramos mientras duerme que los mocosos están de vuelta. Lo cierto es que están a tres kilómetros de la ventana ahora, y volando con fuerza, pero todo lo que tenemos que susurrar es que están de camino. Hagámoslo.

Es una pena que lo hayamos hecho, porque ha pegado un brinco, llamando sus nombres, y no hay nadie en la habitación salvo Nana.

—Oh, Nana, soñé que mis pequeños habían vuelto.

Nana tenía los ojos vidriosos, pero todo lo que pudo hacer fue colocar la pata suavemente en el regazo de su ama, y así estaban, sentadas juntas, cuando la caseta fue traída de vuelta. Cuando el señor Darling saca la cabeza para besar a su esposa, vemos que su cara está más desgastada que antaño, pero tiene una expresión más dulce.

Le dio el sombrero a Liza, quien lo tomó con desdén, pues no tenía imaginación y era totalmente incapaz de comprender los motivos de un hombre como ese. Afuera, la muchedumbre que había acompañado al coche a casa seguía vitoreando, y naturalmente no se quedó impasible.

—Escúchenlos —dijo—, es muy gratificante.

—Montones de niños pequeños —dijo Liza con sorna.

—Había varios adultos hoy —le aseguró él con un débil rubor, pero cuando ella sacudió la cabeza no encontró una palabra de reproche. El éxito social no había perjudicado su carácter: le había vuelto más dulce. Estuvo sentado algún tiempo con la cabeza fuera de la perrera, conversando con la señora Darling sobre este éxito, y apretándole la mano para tranquilizarla cuando ella dijo que esperaba que no se le subiera a la cabeza.

—Pero si hubiera sido un hombre débil —dijo—. ¡Cielos, si hubiera llegado a ser un hombre débil!

—Y, George —dijo ella con timidez—, sigues tan lleno de remordimientos como siempre, ¿no es cierto?

—¡Lleno de remordimientos como siempre, querida! Mira mi castigo: vivo en una perrera.

—Pero es un castigo, ¿no, George? ¿Está seguro de que no lo estás disfrutando?

—¡Amor mío!

Pueden estar seguros de que ella le pidió perdón, y después, sintiéndose adormecido, se hizo la rosca en la caseta.

—¿Podrías tocar para que me durmiera —pidió— en el piano de los niños?

Mientras ella cruzaba la habitación a la zona de juegos agregó sin pensar:

—Y cierra esa ventana. Hay corriente.

—Oh, George, nunca me pidas que haga eso. La ventana debe quedarse siempre abierta para ellos, siempre, siempre.

Ahora le tocó a él pedirle perdón, y ella entró en la zona de juegos y tocó, y pronto se quedó dormido, y mientras dormía Wendy, John y Michael entraron volando en la habitación.

Oh, no. Lo hemos escrito así, porque ese era en fantástico plan que habían trazado antes de que dejáramos el barco, pero algo debe de haber pasado desde entonces, porque no son ellos los que han entrado volando: son Peter y Campanilla.

Las primeras palabras de Peter lo dicen todo.

—Rápido, Campanilla —susurró—, ¡cierra la ventana, atráncala! Eso es. Ahora tu y yo nos iremos por la puerta, y cuando venga Wendy pensará que su madre la ha dejado afuera, y entonces tendrá que volver conmigo.

Ahora comprendo lo que me había desconcertado hasta ahora: por qué cuando Peter hubo exterminado a los piratas no volvió a la isla y dejó que fuera Campanilla quien escoltara a los niños hasta tierra firme. Este ardid había estado en su cabeza todo el tiempo.

En lugar de sentir que se estaba portando mal bailó con júbilo, luego se asomó a la zona de juegos para ver quién estaba tocando. Le susurró a Campanilla:

—¡Es la madre de Wendy! Es una dama hermosa, pero no tan

hermosa como mi madre. Su boca está llena de dedales, pero no tan llena como estaba la de mi madre.

Por supuesto que no sabía nada en absoluto sobre su madre, pero a veces alardeaba de ella.

No conocía la melodía, que era "Hogar, Dulce Hogar", pero sabía que estaba diciendo "Vuelve, Wendy, Wendy, Wendy" y exclamó exultante:

—¡Nunca volverás a ver a Wendy, dama, pues la ventana está cerrada!

Se volvió a asomar para ver por qué había cesado la música, y ahora vio que la señora Darling había apoyado la cabeza sobre la caja del piano, y que había dos lágrimas en sus ojos.

—Quiere que abra la ventana —pensó Peter—, pero no lo haré, ¡no yo!

Volvió a asomarse, y las lágrimas seguían allí, o eran otras dos las que habían tomado su lugar.

—Le tiene muchísimo cariño a Wendy —se dijo.

Ahora estaba enojado con ella porque ella no veía por qué no podía tener a Wendy. El motivo era tan sencillo:

—Yo también le tengo cariño. No podemos tenerla ambos, dama.

Pero la dama no podía conformarse, y él se puso triste. Dejó de mirarla, pero incluso entonces ella no le dejó. Se puso a saltimbanquear y hacer morisquetas, pero cuando paró era justo como si ella estuviera dentro de él, llamando.

—Oh, está bien —dijo finalmente, tragando saliva. Luego abrió la ventana—. Vámonos, Campanilla —gritó, con una expresión terriblemente desdeñosa por las leyes de la naturaleza—. No queremos ninguna tonta madre —y se fue volando.

De este modo Wendy, John y Michael encontraron la ventana abierta para todos ellos, que por supuesto era más de lo que se merecían. Aterrizaron en el suelo, sin ninguna vergüenza, y el más joven ya se había olvidado de su casa.

—John —dijo, mirando a su alrededor dudoso—, creo que he estado aquí antes.

—Por supuesto, tonto. Esa es tu antigua cama.

—Sí que lo es —dijo Michael, pero no con mucha convicción.

—Mirad —gritó John—, ¡la perrera! Y corrió a mirar dentro de ella.

—Tal vez Nana esté adentro —dijo Wendy.

Pero John silbó.

—Vaya —dijo—, hay un hombre adentro.

—¡Es Padre! —exclamó Wendy.

—Déjenme ver a Padre —pidió Michael ansioso, y lo examinó atentamente—. No es tan grande como el pirata al que maté —dijo con tan sincera desilusión que me alegra que el señor Darling estuviera dormido: hubiera sido triste que esas fueran las primeras palabras que le oyera decir a su pequeño Michael.

Wendy y John se habían quedado algo desconcertados por encontrar a su padre en la caseta del perro.

—Pero él —dijo John, como uno que había perdido la confianza en su memoria— no solía dormir en la caseta del perro, ¿verdad?

—John —dijo Wendy con la voz entrecortada—, tal vez no recordamos nuestra antigua vida tan bien como pensábamos.

Sintieron un escalofrío, y les estaba bien empleado.

—Es muy descuidado por parte de Madre —dijo ese joven bribón de John— no estar aquí cuando volvemos.

Fue entonces que la señora Darling volvió a ponerse a tocar.

—¡Es Madre! —gritó Wendy, asomándose.

—¡Sí que lo es! —dijo John.

—¿Entonces tú no eres en realidad nuestra madre, Wendy? —preguntó Michael, que seguramente estaba medio dormido.

—¡Ay, querido! —exclamó Wendy, con su primera verdadera punzada de remordimiento—. Ya era hora de que volviéramos.

—Entremos a hurtadillas —sugirió John— y tapémosle los ojos con las manos.

Pero Wendy, que vio que debían darle la feliz noticia con más delicadeza, tuvo un plan mejor.

—Acostémonos en nuestras camas, y estemos ahí cuando entre, justo como si nunca nos hubiéramos ido.

De modo que cuando la señora Darling volvió a entrar en el dormitorio para ver si su esposo estaba dormido, las tres camas estaban ocupadas. Los niños esperaron su grito de alegría, pero no hubo ninguno. Ella les vio, pero no creyó que estuvieran allí. Es que los veía en sus camas tan a menudo en sueños que pensó que era tan solo el sueño que seguía rondándola.

Se sentó en una silla junto al fuego, donde en los viejos tiempos les había dado de mamar.

Ellos no pudieron entender esto, y los tres sintieron un temor helado.

—¡Madre! —gritó Wendy.

—Esa es Wendy —dijo ella, pero seguía estando segura de que era el sueño.

—¡Madre!

—Ese es John —dijo.

—¡Madre! —gritó Michael. Ahora la reconocía.

—Ese es Michael —dijo, y extendió sus brazos hacia los tres niñitos egoístas que estos nunca volverían a abrazar. Sí, lo hicieron: rodearon a Wendy, a John y a Michael, que se había deslizado fuera de su cama y había corrido hasta ella.

—¡George, George! —gritó cuando pudo hablar, y el señor Darling se despertó para compartir su dicha, y Nana entró corriendo. No podía haber una escena más adorable, pero no había nadie para verla exceptuando a un extraño niñito que estaba mirando a través de la ventana. Había tenido innumerables alegrías que otros niños nunca experimentan, pero estaba contemplando a través de la ventana la única felicidad de la que siempre se vería privado.

. . . .

17

Cuando Wendy creció

Espero que quieran saber lo que fue de los otros niños. Estaban esperando abajo para darle a Wendy tiempo para explicar quiénes eran, y cuando hubieron contado hasta quinientos subieron. Subieron por las escaleras, porque pensaron que esto causaría una mejor impresión. Se colocaron en fila frente a la señora Darling, con los sombreros en la mano y deseando no llevar su ropa de piratas. No dijeron nada, pero sus ojos le pidieron que se los quedara. Deberían haber mirado también al señor Darling, pero se olvidaron de él.

Por supuesto que la señora Darling dijo inmediatamente que se quedaría con ellos, pero el señor Darling estaba curiosamente deprimido, y vieron que consideraba que seis era una cantidad bastante grande.

—Debo decir —le dijo a Wendy— que no haces las cosas a medias —un comentario mezquino que los Gemelos creyeron que iba dirigido a ellos.

El primer Gemelo era el orgulloso, y preguntó, ruborizándose:

—¿Cree usted que somos demasiados, señor? Porque si es así nos podemos ir.

—¡Padre! —gritó Wendy, escandalizada, pero él seguía deprimido Sabía que se estaba comportando indignamente, pero no lo podía evitar.

—Podríamos dormir doblados en dos —dijo Avispado.

—Siempre les corto el pelo yo misma —dijo Wendy.

—¡George! —exclamó la señora Darling, dolida al ver que su querido marido se mostraba de un modo tan poco favorable.

Entonces él se puso a llorar y salió la verdad a relucir. Estaba tan contento de tenerlos como ella, dijo, pero pensaba que deberían haber pedido su consentimiento además del de ella, en lugar de tratarle como a un cero a la izquierda en su propia casa.

—Yo no creo que él sea un cero a la izquierda —exclamó Lelo

al instante—. ¿Tú crees que él es un cero a la izquierda, Rizos?

—No, no lo creo. ¿Tú crees que él es un cero a la izquierda, Menudo?

—La verdad que no. ¿Tú qué piensas, Gemelo?

Resultó que ninguno de ellos pensaba que él era un cero a la izquierda, y él se sintió absurdamente gratificado, y dijo que les haría lugar a todos en el salón, si cabían.

—Cabremos, señor —le aseguraron.

—¡Entonces sigan al rey! —gritó alegremente—. O sea, no estoy seguro de que tengamos un salón, pero fingiremos que lo tenemos, y será lo mismo. ¡Ale hop!

Se fue bailando por la casa, y todos gritaron "¡Ale hop!" y bailaron tras él, buscando el salón, y ya se me olvidó si lo encontraron, pero en cualquier caso encontraron rincones, y todos cupieron.

En cuanto a Peter, vio a Wendy una vez más antes de irse volando. No fue a la ventana exactamente, sino que la rozó al pasar para que ella pudiera abrirla y llamarle si quería. Esto es lo que ella hizo.

—Hola, Wendy, y adiós —le dijo.

—Ay, ¿ya te vas?

—Sí.

—¿No te parece, Peter —dijo con la voz entrecortada—, que te gustaría decirles algo a mis padres en cuanto a un tema muy lindo?

—No.

—¿Sobre mí, Peter?

—No.

La señora Darling se acercó a la ventana, porque de momento no le quitaba el ojo de encima a Wendy. Le dijo a Peter que había adoptado a todos los otros niños, y que le gustaría adoptarle a él también.

—¿Me mandarías a la escuela? —preguntó con astucia.

—Sí.

—¿Y después a una oficina?

—Supongo que sí.

—¿Sería pronto un hombre?

—Muy pronto.

—No quiero ir a la escuela y aprender cosas serias —le dijo apasionadamente—. No quiero ser un hombre. Oh, madre de Wendy, ¡si me despertara y notara que tengo barba!

—Peter —dijo Wendy la consoladora—, me encantaría verte con barba. —Y la señora Darling le alargó los brazos, pero él la rechazó.

—Atrás, dama, nadie va a atraparme y hacerme un hombre.

—¿Pero dónde vas a vivir?

—Con Campanilla en la casa que le construimos a Wendy. Las hadas la colocarán muy alto, entre la copa de los árboles, donde duermen por las noches.

—Qué hermoso —exclamó Wendy de un modo tan anhelante que la señora Darling la sujetó más fuerte.

—Creí que todas las hadas estaban muertas —dijo la señora Darling.

—Quedan un montón de las jóvenes —explicó Wendy, que ahora era toda una autoridad— porque, verás, cuando un nuevo bebé se ríe por primera vez nace una nueva hada, y como siempre hay nuevos bebés siempre hay nuevas hadas. Viven en nidos en las copas de los árboles, y las de color malva son niños y las de color blanco son niñas, y las azules son solo bobas que no están seguras de lo que son.

—Me voy a divertir tanto —dijo Peter, con un ojo clavado en Wendy.

—Estarás bastante solo por las noches —dijo ella— sentado junto al fuego.

—Tendré a Campanilla.

—No creo que Campanilla te pueda ser de mucha ayuda —le recordó ella con algo de aspereza.

—¡Taimada acusadora! —le gritó Campanilla desde algún lugar al otro lado de la esquina.

—No importa —dijo Peter.

—Oh, Peter, sabes que sí importa.

—Bien, entonces ven conmigo a la casita.

—¿Puedo, mamá?

—Claro que no. Te tengo en casa de nuevo y pretendo conservarte.

—Pero está tan necesitado de una madre.

—Y tu también, amor mío.

—Oh, está bien —dijo Peter, como si solo se lo hubiera pedido por cortesía, pero la señora Darling vio cómo le temblaba el labio, e hizo este hermoso ofrecimiento: dejar que Wendy fuera con él una semana cada año para hacerle la limpieza de primavera. Wendy hubiera preferido un arreglo más permanente, y le pareció que faltaba mucho para la primavera, pero esta promesa hizo que Peter se fuera, volviendo a ser totalmente feliz. No tenía ningún sentido del tiempo, y estaba tan lleno de aventuras que todo lo que les he contado de él es solo una ínfima parte. Supongo que era porque Wendy lo sabía que las últimas palabras que le dijo fueron estas, bastante quejumbrosas:

—No te olvidarás de mí, Peter, para cuando llegue el momento de hacer la limpieza de primavera, ¿verdad?

Por supuesto que Peter se lo prometió y luego se fue volando. Se llevó el beso de la señora Darling con él. Ese beso que no había sido para ningún otro, Peter se lo apropió con facilidad. Curioso. Pero ella pareció satisfecha.

Naturalmente que todos los niños fueron a la escuela, y la mayoría de ellos entraron en la clase III, pero a Menudo lo pusieron primero en la clase IV y luego en la clase V. La clase I es la más alta. Antes de que hubieran ido a la escuela una semana se dieron cuenta de lo estúpidos que habían sido por no quedarse en la isla, pero ahora era demasiado tarde y pronto se dispusieron a ser tan comunes y corrientes como ustedes o yo o los García. Es triste tener que decir que la capacidad de volar los fue abandonando gradualmente. Al principio Nana les ataba los pies a los pilares de la cama para que no se fueran volando por la noche, y una de sus diversiones durante el día era fingir que se caían de los coches de caballos, pero pronto dejaron de tirar de sus ligaduras en la cama, y vieron que se hacían daño cuando saltaban de los carruajes. Con el tiempo ni siquiera podían volar en pos de sus sombreros. Falta de práctica, decían, pero lo que en realidad sucedía es que ya no creían.

Michael creyó más tiempo que los otros niños, a pesar de que se burlaban de él, así que él estaba con Wendy cuando Peter vino a buscarla al finalizar el primer año. Ella se fue volando con Peter con un vestido que se había tejido con hojas y bayas en el País de Nunca Jamás, y su único temor es que él pudiera darse cuenta de lo chico que le quedaba, pero no llegó a darse cuenta porque tenía tanto que contar sobre sí mismo.

Ella había estado anhelando tener emocionantes conversaciones sobre los viejos tiempos, pero nuevas aventuras habían ocupado el lugar de las viejas en su mente.

—¿Quién es el capitán Garfio? —le preguntó muy interesado cuando ella habló del archienemigo.

—¿No recuerdas —preguntó ella, asombrada— cómo le mataste y nos salvaste la vida a todos?

—Me olvido de ellos después de matarlos —replicó él despreocupadamente.

Cuando expresó una dudosa esperanza de que Campanilla se alegrara de verla, él dijo:

—¿Quién es Campanilla?

—Oh, Peter —dijo ella, escandalizada, pero aunque se lo explicó él no pudo recordarla.

—Hay tantas —dijo—. Supongo que se habrá muerto.

Supongo que tenía razón porque las hadas no viven mucho tiempo, pero son tan pequeñas que un poco de tiempo les parece mucho.

Wendy también se sintió dolida al ver que el año pasado había sido como ayer para Peter: a ella le había parecido un año tan largo para esperar. Pero él era exactamente igual de fascinante que siempre, y pasaron una estupenda limpieza primaveral en la casita en la copa de los árboles.

Al año siguiente él no volvió por ella. Esperó con un vestido nuevo porque el viejo simplemente no le cabía, pero él nunca vino.

—A lo mejor está enfermo —dijo Michael.

—Sabes que nunca está enfermo.

Michael se acercó a ella y susurró, con un escalofrío:

—¡A lo mejor no hay tal persona, Wendy!

Y entonces Wendy hubiera llorado si Michael no hubiera estado llorando ya.

Peter vino para la siguiente limpieza de primavera: lo curioso fue que no tenía idea de haberse saltado un año.

Esta fue la última vez que la niña Wendy le vio. Durante algún tiempo más intentó por él no tener dolores de crecimiento, y se sintió infiel cuando le dieron un premio por conocimientos generales. Pero los años vinieron y se fueron sin que apareciera el niño descuidado, y cuando se volvieron a encontrar Wendy era una mujer casada y Peter ya no era para ella más que un poco de polvo en la caja en la que guardaba sus juguetes. Wendy era adulta. No tenéis que lamentaros por ella. Era de las que les gusta crecer. Al final creció por propia voluntad un día más rápido que las otras niñas.

Todos los niños eran adultos y estaban acabados a estas alturas, así que apenas vale la pena decir nada más sobre ellos. Podrán ver a los Gemelos y a Avispado y a Rizos cualquier día al entrar en una oficina, todos llevando un maletín y un paraguas. Michael es conductor de locomotoras. Menudo se casó con una dama de alcurnia, así que se volvió lord. ¿Ven a ese juez con peluca que sale por la verja de hierro? Ese solía ser Lelo. El hombre con barba que no se sabe ninguna historia para contarle a sus niños fue una vez John.

Wendy se casó de blanco con un fajín rosa. Resulta extraño que Peter no apareciera en la iglesia para evitar la boda.

Los años siguieron pasando, y Wendy tuvo una hija. Esto no debería ser escrito con tinta sino con grandes letras doradas.

Se llamaba Jane y siempre tenía una curiosa mirada inquisidora, como si desde el momento en que llegó al mundo quisiera hacer preguntas. Cuando tuvo edad suficiente para hacerlas, eran casi todas sobre Peter Pan. Le encantaba escuchar cosas de Peter, y Wendy le contó todo lo que podía recordar en la misma habitación desde la que el famoso vuelo había tenido lugar. Era la habitación de Jane ahora, porque su padre se la había comprado al tres por ciento de interés al padre de Wendy, a quien ya no le gustaban las escaleras. La señora Darling estaba ya muerta y olvidada.

Ahora solo había dos camas en la habitación: la de Jane y la de su niñera, y no había caseta para el perro, porque Nana también había fallecido. Murió de ancianidad, y al final se había puesto bastante difícil de tratar, ya que estaba firmemente convencida de que nadie sabía cómo cuidar de ningún niño salvo ella misma.

Una vez por semana la niñera de Jane tenía la noche libre, y entonces acostar a Jane era tarea de Wendy. Esta era la hora de las historias. Era invento de Jane cubrir su cabeza y la de su madre con la sábana, formando una tienda, y susurrar en la tremenda oscuridad:

—¿Qué vemos ahora?

—Creo que no veo nada esta noche —dice Wendy, con la sensación de que si Nana estuviera allí se negaría a seguir la conversación.

—Sí que lo haces —dice Jane—: ves cuando eras una niña pequeña.

—Hace mucho tiempo de eso, mi vida —dice Wendy—. ¡Ay de mí, cómo vuela el tiempo!

—¿Vuela —pregunta la ingeniosa niña— del modo en que volabas cuando eras una niña pequeña?

—¿El modo en que volaba yo? Sabes, Jane, a veces me pregunto si en verdad volé alguna vez.

—Sí que lo hiciste.

—¡Aquellos hermosos días en los que podía volar!

—¿Por qué no puedes volar ahora, Madre?

—Porque soy adulta, querida. Cuando la gente se hace mayor se olvidan de cómo se hace.

—¿Por qué se olvidan?

—Porque ya no son felices e inocentes y sin corazón. Sólo los que son felices e inocentes y sin corazón pueden volar.

—¿Por qué felices e inocentes y sin corazón? Ojalá yo fuera feliz e inocente y sin corazón.

O tal vez Wendy admita que ve algo.

—Creo —dice— que es esta habitación.

—Creo que sí —dice Jane—. Sigue.

Ahora están embarcadas en la gran aventura de la noche en la que Peter entró volando en busca de su sombra.

—El muy tonto —dice Wendy— intentó pegarla con jabón y al no poder lloró, y eso me despertó, y yo se la cosí.

—Te has saltado un trozo —interrumpe Jane, que se sabe la historia mejor que su madre—. Cuando le viste sentado en el suelo llorando, ¿qué dijiste?

—Me senté en mi cama y dije "Niño, ¿por qué lloras?".

—Sí, así fue —dice Jane, respirando hondo.

—Y luego nos llevó volando al País de Nunca Jamás con las hadas y los piratas y los pieles rojas y la laguna de las sirenas y el hogar bajo tierra y la casita.

—¡Sí! ¿Qué fue lo que más te gustaba?

—Creo que el hogar bajo tierra es lo que más me gustaba.

—Sí, también a mí. ¿Qué fue lo último que te dijo Peter?

—Lo último que me dijo fue "Tan solo has de esperarme siempre, y alguna noche me escucharás cacarear".

—Sí.

—Pero, ay, se olvidó de mí completamente —dijo Wendy, sonriendo. Era tan mayor como para decir eso.

—¿Cómo sonaba su cacareo? —le preguntó Jane una noche.

—Era así —dijo Wendy, intentando imitar el cacareo de Peter.

—No, no lo era —dijo Jane con seriedad—, era así.

Y lo hizo muchísimo mejor que su madre. Wendy se quedó un poco perpleja.

—Querida mía, ¿cómo puedes saberlo?

—Lo escucho a menudo mientras duermo —dijo Jane.

—Ah, sí, muchas niñas lo escuchan mientras duermen, pero yo fui la única que lo escuchó despierta.

—Qué suerte —dijo Jane.

Y luego una noche llegó la tragedia. Era primavera, y ya habían contado la historia de esa noche, y Jane estaba ahora dormida en su cama. Wendy estaba sentada en el suelo, muy cerca del fuego, para poder ver el zurcido, pues no había ninguna otra luz en la habitación, y mientras estaba sentada zurciendo escuchó un cacareo. Entonces la ventana se abrió de golpe como antaño, y Peter se posó en el suelo.

Estaba exactamente igual que siempre, y Wendy vio al momento que todavía tenía todos sus dientes de leche.

El era un niño pequeño, y ella era adulta. Se acurrucó junto al fuego sin atrever a moverse, indefensa y culpable, una mujer grande.

—Hola, Wendy —dijo él, sin notar ninguna diferencia, pues estaba pensando principalmente en sí mismo, y a la tenue luz su vestido blanco podría haber sido el camisón en el que la había visto por vez primera.

—Hola, Peter —replicó débilmente, haciéndose tan chiquita como pudo. Algo dentro de ella estaba gritando "Mujer, mujer, suéltame".

—Eh, ¿dónde está John? —preguntó, echando súbitamente en falta la tercera cama.

—John no esta aquí ahora —dijo ahogadamente.

—¿Michael está dormido? —preguntó, echándole una mirada despreocupada a Jane.

—Sí —contestó, y ahora se sintió que le era infiel a Jane además de a Peter—. Ese no es Michael —dijo rápidamente, para evitar que cayera un juicio sobre ella.

Peter miró.

—Eh, ¿es alguien nuevo?

—Sí.

—¿Niño o niña?

—Niña.

Ahora seguro que tenía que entender, pero no, ni un poquito.

—Peter —dijo con voz entrecortada—, ¿estás esperando que me vaya volando contigo?

—Por supuesto, por eso es que he venido. —Agregó con algo de gravedad—: ¿Te has olvidado que es tiempo de hacer la limpieza de primavera?

Ella sabía que no servía de nada decir que había dejado pasar muchas limpiezas de primavera.

—No puedo ir —dijo disculpándose— me he olvidado de cómo se vuela.

—Enseguida te volveré a enseñar.

—Oh, Peter, no malgastes polvo de hadas conmigo.

Se había puesto de pie, y ahora finalmente le asaltó un temor.

—¿Qué pasa? —gritó, encogiéndose.

—Encenderé la luz —dijo ella— y entonces lo podrás ver por ti mismo.

Casi por única vez en su vida, que yo sepa, Peter tuvo miedo.

—¡No enciendas la luz! —gritó.

Ella jugueteó con el pelo del niño trágico. Ya no era una niña pequeña con el corazón destrozado por él: era una mujer adulta que sonreía a todo, pero eran sonrisas con los ojos húmedos.

Entonces encendió la luz y Peter vio. Dio un grito de dolor, y cuando la hermosa y alta criatura se agachó para tomarle en brazos él retrocedió bruscamente.

—¿Qué pasa? —gritó nuevamente.

Ella tuvo que decírselo.

—Soy vieja, Peter. Tengo mucho más que veinte años. Crecí hace mucho tiempo.

—¡Prometiste no hacerlo!

—No pude evitarlo. Soy una mujer casada, Peter.

—No, no lo eres.

—Sí, y la niña pequeña en la cama es mi hija.

—No, no lo es.

Pero supuso que sí lo era, y dio un paso hacia la niña durmiente con su daga levantada. Por supuesto que no golpeó. En cambio se sentó en el suelo y sollozó, y Wendy no sabía cómo consolarle, aunque antes podía hacerlo con tanta facilidad. Era solo una mujer ahora, y salió corriendo de la habitación para intentar pensar.

Peter siguió llorando, y sus sollozos despertaron a Jane. Se sentó en la cama, y en seguida se mostró interesada.

—Niño —dijo—, ¿por qué lloras?

Peter se levantó y se inclinó ante ella, y ella se inclinó graciosamente desde la cama.

—Hola —dijo él.

—Hola —dijo Jane.

—Mi nombre es Peter Pan —le dijo.

—Sí, lo sé.

—Volví por mi madre —explicó— para llevarla al País de Nunca Jamás.

—Sí, lo sé —dijo Jane—. Te estaba esperando.

Cuando Wendy volvió tímidamente encontró a Peter sentado sobre el pilar de la cama cacareando de lo lindo, y a Jane en camisón volando por la habitación en solemne éxtasis.

—Ella es mi madre —explicó Peter, y Jane descendió y se paró a su lado, con esa mirada en su cara que le gustaba ver en las damas cuando le miraban.

—Está tan necesitado de una madre —dijo Jane.

—Sí, lo sé —admitió Wendy con bastante pesar—. Nadie lo sabe mejor que yo.

—Adiós —le dijo Peter a Wendy, y se elevó en el aire, y la desvergonzada Jane se elevó con él: ya era el modo más fácil de moverse.

Wendy corrió a la ventana.

—No, no —gritó.

—Es solo durante la limpieza de primavera —dijo Jane—. Quiere que haga siempre su limpieza de primavera.

—Si tan solo pudiera ir con ustedes —suspiró Wendy.

—Ya ves que no puedes volar —dijo Jane.

Por supuesto que al final Wendy les dejó irse volando juntos. Lo último que alcanzamos a ver es que está junto a la ventana, mirando como se alejaban por el cielo hasta que fueron tan pequeños como estrellas.

Al mirar a Wendy, podrán ver cómo su cabello se va poniendo blanco, y su figura vuelve a ser pequeña, porque todo esto sucedió hace largo tiempo. Jane es ahora una adulta común, con una hija llamada Margaret, y cada vez que llega el tiempo de la limpieza de primavera, exceptuando cuando se olvida, Peter viene a buscar a Margaret y la lleva al País de Nunca Jamás, donde ella le cuenta historias sobre él mismo, que él escucha con avidez. Cuando Margaret crezca tendrá una hija, que a su vez será la madre de Peter, y así seguirá siendo, mientras los niños sean felices e inocentes y sin corazón.

★ • ★ • ★ •

Índice